魔幻偵探所

32

史前巨獸出沒

關景峰 著

新雅文化事業有限公司

www.sunya.com.hk

魔幻偵探所
人物介紹

南森

身分：魔幻偵探所創辦人、領頭羊

年齡：120歲

畢業學校：斯塔福德學院〈伏魔系〉

學位：博士

捉妖經驗：108年，獲得「捉妖能手」、「怪獸剋星」等稱號

性格：遇事鎮定、善於思考，生氣時聽到幾句好話氣就消了

最具殺傷力的武器：
顯形粉、細妖繩、無影鋼鐵牆

海倫

身分：魔幻偵探所成員，南森的得力助手

年齡：13歲

畢業學校：劍橋大學〈法術系〉

學位：學士

捉妖經驗：1年

性格：開朗、逢事觀察細緻，吵架時總讓着本傑明

最具殺傷力的武器：細妖繩、凝固氣流彈

本傑明

身分：魔幻偵探所實習生

年齡：11 歲

就讀學校：牛津大學（捉妖系）

捉妖經驗： 3 個月

性格：聰明淘氣、遇事毛躁

最厲害的戰術：非常規戰術

派恩

身分：魔幻偵探所實習生

年齡：10歲

就讀學校：倫敦大學魔法學院
　　　　　（反幽靈技術系）

捉妖經驗：1個月

性格：聰明活潑，非常好勝，有時
候喜歡誇誇其談

保羅

身分：魔幻偵探所機械狗

年齡：100 歲

工作能力：無所不知的電腦資料
庫，善於用百分比分析事物

性格：異想天開、調皮、懶惰

最喜歡的食物：潤滑油

最具殺傷力的武器：追妖導彈

細妖繩

能夠對準魔怪迅速旋轉收縮，將它細緊綁實，繩子一旦落到魔怪身上，就像嵌入肉裏，魔怪越掙脫綁得越緊，當然放繩子時可要放得準才行。

無影鋼鐵牆

這堵牆其實就是氣流，它把氣流變成了無影無形的鋼鐵牆壁，能將敵人困在其中，衝不出去。

顯形粉

這是一種非常神奇的粉末，即使魔怪偽裝、隱形了也完全能顯現出它的原形。對了，「顯形」就是「現出原形」的意思！

裝魔瓶

能把魔怪收進裏面，使其在三天內化成清水的神奇瓶子。即使魔怪身形再龐大，也能收進瓶內。

幽靈雷達

能夠準確測定氣流存在的方位，並及時發出警報的裝置。它能跟蹤、測定魔怪在哪裏。不過，如果魔怪的魔力非常強，幽靈雷達有時候也可能測不到，它的更強大的功能還有待你去改進！

追妖導彈

能夠自動尋找魔怪，進行智能追蹤的導彈，這種導彈威力比較大，一般魔怪根本抵抗不了。

魔幻偵探開始行動！

目錄

引子

「……我说湯姆，快走呀，別磨磨蹭蹭的……」夜晚九點，五個年輕人走在尤斯頓路上，說說笑笑的，其中一個高個子男生對一個掉隊的男生說，「快點……」

「來了來了。」叫湯姆的男生追了上來，「皮特，你們慢點，我剛才在看街邊廣告呢……」

「噢，你對什麼感興趣？可樂？剛才看電影的時候你還沒有喝夠？」叫皮特的男生問。

「不是那個，是另一則廣告，鋼盾家庭預警系統。」湯姆說，「直接連到保安公司，外出時有賊進入，就會直接向你的手機發出警報……」

「哦，看來你是億萬富翁呀。」一個女生笑着說，「湯姆，這次看電影和晚餐都應該讓你請。」

「哎，珍妮絲，不是這樣的。」湯姆比劃着，向大家解釋，「聽我說，我家原來有一套警報系統，由保安公司

安裝的，直接連到保安公司……」

「這不是很好嗎？」珍妮絲説。

「好什麼？」湯姆沒好氣地説，「上周末我在家，保安公司的人突然上門，説我家的報警紅燈在他們那裏閃了一年多了，今天剛好有空，過來看看……」

「轟——」一陣大笑，除了湯姆，另外四個人都笑得前仰後合的。

「噢，很好笑嗎？」湯姆聳聳肩，「這家公司非常不負責任，所以我家決定自己安裝一套系統……」

「不好笑嗎？哈哈哈哈……」皮特看着一臉無辜的湯姆，笑着説，隨後，他向前走去。

他們轉過街角，到了德尼街上，前方，突然出現一個黑乎乎的東西，趴在一幢高大的公寓樓的門前，稍微走近一看，借着路燈，能看到那是一個老虎形狀的雕塑，這隻老虎可真大，長大概有四米多，趴在那裏也將近兩米高。

「嘿，什麼時候有了這個雕塑？」皮特看着那隻老虎，手狠狠地向老虎的後背拍下去，「以前沒見過呢……」

「啪——」的一聲，皮特的手掌重重地拍在老虎雕塑的後背上，其他幾個同學都聽到了聲音，皮特的手感覺有

點痛，老虎雕塑身上是涼涼的。

「呼——」一聲低沉的聲音傳來，隨即，老虎雕塑突然躍起，轉身瞪着皮特，樣子十分憤怒。站起來的老虎足有兩米多高，比動物園的老虎大多了。

「啊——」珍妮絲看到巨大的老虎居然動了，是活的，嚇得大叫了一聲。

皮特一愣，他拍完老虎後，便轉身看着伙伴們，沒有注意到身後的老虎。

其他幾個同學都看到老虎轉身了，全都呆住了。皮特這才下意識地轉過頭去。

「嗷——」老虎怒視着拍擊自己的皮特，大吼一聲。

「啊——」皮特嚇得呆住了。

「快跑——」珍妮絲和另外幾個伙伴也愣住了，隨後大聲地提醒着皮特。

「嗷——」老虎再次張開大嘴對着皮特狂吼，牠的兩顆巨大的獠牙似乎就要咬上來了。珍妮絲和另外幾個伙伴嚇得四散而逃。

皮特轉身就跑，老虎又吼叫了一聲，皮特慌不擇路，一頭撞到一棵樹上，差點摔倒，頭撞破了，血也流了出

來。他顧不得這些了，慌慌張張地繞過樹，飛速地逃走了。

「啊——啊——」珍妮絲已經跑出去幾十米了，她邊跑邊喊，絕望恐怖的驚叫聲，響徹了這片街區，她從來就沒有見到過這麼高大的巨獸。

這五個人慌亂中奔逃，方向不一。不過老虎似乎並不是想吃掉皮特，牠看着皮特逃走，並沒有急着追趕，牠又看了看珍妮絲的奔逃方向，隨後一轉身，掉頭就跑。前面有條小巷子，牠沒有轉進去，而是繼續跑了十多米，靈活地鑽進第二條深暗的小巷中，牠的身材在小巷中顯得更加的龐大……

第一章　道奇博士

　　一個多小時後，案發地點已經被警方封鎖起來，十幾輛警車閃着警燈，停在案發地點周圍。警戒線外，三、四個記者模樣的人，舉着相機，對着案發地點進行拍照。

　　一名警官掀起警戒線的封條，讓南森博士和幾個小助手走進警戒線。

　　保羅當然不用掀封條就能鑽進警戒區，他第一個進了警戒區，然後站在那裏，警惕地看着四周，幾個警察站在警戒區裏，也都四下望着，警方已經進行了一次搜索，提取一切證物。

　　「……受傷的人是倫敦大學的學生，他是和幾個同學看完電影後在回學校的路上遇到那隻巨虎的。」那名警官也進了案發地點，邊走邊説。

　　「一隻很大的老虎，聽起來有些匪夷所思。」南森點着頭，神情嚴肅地向四下看着説。

　　「這裏距離動物園不算遠，搞不好是動物園裏的老虎

跑出來了。」派恩一直不太相信有一隻老虎，還是一隻巨虎，出現在倫敦的街道上，要知道，很多這類事件調查後都是目擊者看錯了，「傷者可能就是遇到了一隻出逃的老虎。」

「如果是一隻出逃的老虎，倒也簡單，全城搜查就行。」那個警官遺憾地搖着頭，「事發後，有個路過的司機也看到了那逃走的老虎，連忙用手機拍照，但是……不能成像……你們看那裏，大樓的門口有閉路電視，都拍到那幾個大學生四處奔逃了，但是鏡頭裏只有人，沒有老虎；街口有交通警的監控鏡頭，從另一個方向拍攝到的畫面，也沒有老虎的成像。一共有六個目擊者都看到了那隻老虎，不能成像的原因，極有可能是因為那是魔獸……所以，才會請你們來，剛好你們住得很近……」

南森看着大樓門前安裝的閉路電視，一時沒有説話，案發地點就在自己眼前三、四米處，警方人員已經放置了幾塊標示牌，而閉路電視的確能完全覆蓋這一區域。警方確定的案發地點，就是巨虎對着皮特怒吼的地方，也是大學生們發現巨虎趴着的位置，在德尼街口公寓大樓大門的的左側位置。

海倫和本傑明各持一台幽靈雷達，對着四下進行探測。大樓前一米處有一排長長的灌木叢，培植得很好，本傑明走到那裏，用雷達對着灌木探測，這裏當然不可能藏着巨大的老虎，但是可能有什麼魔怪痕跡留下。本傑明精神不是很好，他今天睡得較早，剛睡下就被叫了起來。

「一共六個目擊者，五個大學生，一個開車的人。」南森想了想，說道，「傷者，就是那個大學生，怎麼樣了？」

「逃跑時頭撞在樹上，流血了，不過傷勢不算重，否則也不會自己跑掉了，奇怪的是巨虎沒有追趕他，否則……」警官說到最後，不說話了。

「明白。」南森點點頭。

「從目擊報告來看……」警官繼續說，「這是一隻……史前巨獸，只有史前巨獸才有這麼大的體型。」

「史前巨獸？」南森若有所思地點點頭，「魔怪……史前巨獸……史前魔怪……」

「博士，沒有發現魔怪跡象。」本傑明這時走過來，輕輕地搖着頭對南森說道。

南森點點頭，然後向案發地點前面走去，他想去大樓

大門的右側看看，全面了解這邊的地形情況。南森走到大門右側這裏，警官和本傑明跟着他。大門右側這邊和左側一樣，有一排對稱的灌木叢，修剪得也很是整齊。

「博士，我也沒發現什麼。」保羅走到南森腳邊，邊說邊不死心地向前發射了一道探測信號，「要真是目擊者描述的那樣，那麼大的巨獸魔怪，倫敦其他地方應該也會有目擊報告的吧？」

「可是現在還是沒有。」警官好奇地看着會說話的保羅，「我們也在等，我們的人已經打了電話給動物園管理處了，確認他們那裏是否跑出來一隻老虎，但是人家沒發現有老虎跑出來……」

「也許是……哪個人飼養的老虎……」保羅想了想，說道。

這時，警戒線外，突然有一個人背着一個包，抱着一本書，急匆匆地跑來。那人個子不高，頭髮亂糟糟的，帶着一副圓形的大眼鏡，還穿着一身灰白色的工作服。兩個警員立即攔住了他，他對站在南森身邊的警官拚命招手。

「嗨──嗨──我是道奇──」

「道奇博士嗎──」警官也招招手，隨後對兩個警員

喊道，「請道奇博士進來——」

　　叫道奇的人抱着那本書，跑進了警戒線內，警官連忙迎上去。

　　「道奇博士？你好，你好。」

　　「你好。」道奇很有禮貌地彎彎腰，「我是道奇，我接到你們的邀請就來了……」

　　「南森先生，這位是道奇博士。」警官連忙把道奇拉來，開始介紹，「因為涉及到史前巨獸，而且還不能確定一定是魔怪所為，所以我們把皇家學會生物委員會的道奇博士也請來協助調查了，他是英國研究史前動物最權威的科學家，對現代動物也有很深的研究。」

　　「你好，南森博士，久仰大名，我是道奇博士，請接受一個博士向另一個博士的致敬。」道奇向前一步，立正並鞠躬。走近看，道奇大概有五十歲，「道奇這個偉大的姓氏可以追溯到威塞克斯王朝，我的父親和祖父都是皇家學會會員，我的曾祖父也是，我的曾曾祖父也是，我的曾曾曾曾……」

　　「很高興認識你。」南森並不是很想聽他的家族介紹，實在是因為史前巨獸在倫敦街頭出沒，事關重大，他

17

很怕再有人受傷，「我們一定能很好地相互配合，解開這個謎團，您知道，這樣一隻史前巨獸出現在城市裏，尤其是倫敦這樣一個特大城市……」

「完全明白。」道奇說，他打開了那本書，書的名字是——《史前時代生物史》，道奇很是嫻熟地翻到其中一章，「根據警方初步給我的線索，出現在這裏的史前巨獸應該是一隻巨虎，但是根據科學研究的結果，史前巨虎早就在更新世晚期，也就是公元前11,700年前滅絕了，那麼這一隻是怎麼跑來的呢？如果有一隻能活在現在，那麼一定有一個巨獸種羣在一直繁衍，但是這是不可能的，根據目前人類的發展水準，這樣一個史前巨獸種羣生活在我們身邊而我們不知道，這怎麼可能……」

「當然，這個我明白。」南森擺擺手，小助手們此時也都圍了過來，好奇地看着這個道奇博士，「但是牠似乎確實出現了，我們該怎麼辦呢？」

「該這樣辦。」道奇說着合上書，從背包裏掏出來一個長柄放大鏡，放大鏡的圓形鏡頭很大，柄長足有半米多，拿在手上，和羽毛球拍差不太多，「現在，我來勘驗現場……」

　　説着，道奇就趴到地上，他按下長柄放大鏡上的開關，放大鏡頭部的射燈亮了，他一絲不苟地用放大鏡看着地面。

　　「道奇博士，你在幹什麼？」警官好奇地問。

　　「在找線索呀，史前巨獸的線索，你們説他趴在大門口。」道奇抬頭，一臉無辜地説。

　　「我們説牠趴在大門的左側，這是右側。」警官很是無奈地説。

「噢，搞錯了。」道奇連忙爬起來，向大門左側跑去。

海倫此時走了過來，她看着道奇，隨後看了看南森，搖了搖頭。

「這人……行嗎？」海倫説，説完她向公寓大門看了看，公寓大門上寫着幾個字——香檳公寓，「看上去好像糊裏糊塗呀！」

道奇已經跑到大門左側，那裏有警方放置的標示牌，指明了巨虎趴着的地方。這次他找對了地方，先是放下背包，隨後拿着放大鏡開始搜索地面。

「目擊者眼花罷了。」派恩走到本傑明身邊，「哪裏會有什麼史前巨獸，還是一個魔怪。我看就是一隻普通老虎，閉路電視和另一個目擊者拍照不能成像，那是因為閉路電視鏡頭角度不對，沒有拍到老虎；而目擊者慌裏慌張，也沒有拍到老虎。只要去找一隻逃跑的老虎就行了，沒必要讓我們來找。」

「我……」本傑明想了想，「我真的很想反駁你，可是我這次居然想的和你一樣，好奇怪呀！」

「一點也不奇怪，本傑明，這説明你成長了。」

本傑明翻翻眼睛，沒有理睬派恩。這時，南森他們已經走回到大門左側，只見道奇已經放下了放大鏡，從背包裹拿出一根長長的鐵絲一樣的東西，插進磚石縫隙裏，一直向下插，插了很深，隨後拔出來，然後用電筒照射着那東西，並開始記錄，隨後，他又走到幾米外的地方去測試。

「做得似模似樣的。」派恩走到道奇身邊幾米處站好，他很疲倦，他一點也不認為這次事件是一宗魔怪事件，至於這個連案發位置都沒有搞清楚的道奇博士，他覺得就是來添亂的。

南森沒有特別在意道奇的舉動，他關注的是這巨獸是一個魔怪的可能性，如果真是魔怪，那麼對這個城市的威脅就會很大；如果僅僅是一隻出逃的猛獸，當然也會有威脅，但抓一隻逃跑的老虎很容易。巨虎不能成像僅僅是證明牠是魔怪的孤證，南森需要找到更多的證據證明魔怪的存在，但似乎那隻巨虎沒有留下什麼魔怪痕跡。

「我說大博士。」派恩走到道奇身邊，蹲了下來，「發現了什麼嗎？」

「等等……」道奇舉着那根細鐵絲看了看，然後用電

21

腦算了算，「如果巨虎在這裏真的趴了一段時間，那麼根據我的微溫測試儀測定，這裏地下一厘米處的溫度到現在為止，應該比旁邊巨虎沒有趴着的地方高0.05到0.09度，可是真的很奇怪，檢測結果是低了0.3度……」

「什麼？」南森聽到這句話，突然轉過頭來，並快步走向道奇，「道奇先生，你說低了0.3度？測試原理是什麼？測試儀器是什麼？」

「微溫測試儀呀！」道奇舉着細鐵絲說，「測試原理也很簡單呀，老虎的體溫和人類差不多，而史前巨獸，無論是巨虎還是巨熊，溫度都比現在的老虎和熊要高幾度，他們那麼大的身軀，趴在某個地方一會，那裏的地表和地表下一厘米處的溫度就會和旁邊發生差異。我選擇測試的是地下一厘米處的溫度，這個距離的溫度和地表溫度溫差極其微小，只有微溫儀才能測試出來。巨虎離開兩小時後，溫差會完全消失，現在還不到兩小時，測試結果有效，但是這個結果很奇怪，巨虎趴着的地方會被捂熱，溫度應該會高些呀……」

「因為是魔怪，所以溫度低。」南森語氣堅決地說，「道奇先生，非常感謝你的這個幫助，我們還從未有過這

樣的測試方法……你的測試沒有錯，魔怪的身體都是冰冷的，現在是夏末的夜晚，地表溫度應該在20度左右，而魔怪的體溫一般都低於10度，所以測試結果會顯示低了0.3度，魔怪不會把地面捂熱，只能是降溫，所以……」

南森說着看了看那警官，隨後又看了看幾個小助手。

「可以確定了，剛才這裏出現的，就是一隻體型碩大的魔怪，從外型上看，是巨虎一樣的魔怪！」

空氣彷彿在這夏末的夜晚凝固起來，派恩張着嘴，此時他一點睏意都沒有了，海倫和本傑明互相看看，這個確定的結果對他們來說衝擊力不小，有着史前巨獸般體型的魔怪出現在倫敦街頭，一場惡戰應該就要來臨了。

「噢，南森博士，你是說真的有個魔怪？」道奇興奮起來，「我可沒研究過變成魔怪的史前巨獸呢，噢，這種微溫測試儀，是我們進行野外考察跟蹤動物經常用的，居然能幫到你……」

「我會立即通知魔法師聯合會，倫敦的每條主要街道上都要布置魔法師。」南森對警官點點頭，隨後走到一邊去打電話。

第二章　吼聲

回到偵探所，已經是凌晨一點了。此時的大家都很疲倦了，南森叫大家早點休息，明天，道奇要來偵探所。這個道奇剛來的時候，似乎有點冒冒失失的感覺，總之讓人不太放心，現在看起來，他配合的很好。讓這樣一個研究巨獸的專家加入進來，對處理這個案件，是有很大幫助的，這點警方想得很不錯。

第二天早上，距離八點還有半分鐘，魔幻偵探所的門鈴就響了起來。南森剛起牀不久，連忙開門，來的人正是道奇。

「噢，才剛起牀，這可不對呀！」道奇一進來，就一本正經地說，他還是背着那個背包，拿着那本厚厚的《史前時代生物史》，「不能因為是自由職業，就放鬆對自己的要求，八點準時上班，這可是規矩。」

「噢，你批評得對。」南森聳聳肩，「我馬上就叫他們起牀。」

「噢，看看，還是保羅準時，一看就是早就起來了。」道奇看到在沙發邊站着的保羅，保羅是聽到門鈴聲從屋裏跑到客廳的。

「實際上我昨晚就沒睡。」保羅晃着腦袋説。

「噢，我也沒怎麼睡。」道奇説着把書放到桌子上，「我研究了一晚上那隻巨虎，我覺得牠就是一隻劍齒虎……」

「劍齒虎？」保羅一愣，「那可真是史前巨獸……」

「噢，道奇博士，早。」海倫他們三個被博士叫醒了，一一走到客廳，向道奇打招呼。

「噢，上班時間都到了，孩子們，快點，你們這是典型的遲到，遲到呀！」道奇連忙叫他們去洗漱，「我的曾曾曾曾祖父就説過，一個成功的人，一定要守時……」

「可是我們昨晚一點多才回來呀！」本傑明抱怨着向洗手間走去，他抓了抓亂糟糟的頭髮，「我可真想多睡一會……」

「我雖然是天下第一超級無敵魔幻小神探，但是也需要休息。」派恩迷迷糊糊地説。

「噢，又來了。」本傑明邊走邊説，「我以為你都忘

了這個誇張稱號了呢！」

「怎麼會呢？」派恩也揉揉眼睛。

「道奇先生，我剛才聽到你的話，説那隻巨虎是劍齒虎？」南森走過來問，他已經進入到工作狀態了。

「沒錯，警方把幾個目擊者的口述報告當晚就傳給了我，那隻巨虎的體貌特徵等，完全等同於劍齒虎。」道奇說着把那本書打開，很快就翻到了劍齒虎的彩色還原圖，指給南森看。

「我也看了報告，我知道劍齒虎是以像劍一樣的兩顆犬齒聞名的，口合起來就能看到。」南森有些疑惑地説，「可是目擊報告只是説巨虎的牙齒很大很尖，沒有特別提到很長很長。」

「噢，這個我也看到了。劍齒虎的上犬齒可達二十多厘米長，非常明顯。」道奇點點頭，「但是有一些劍齒虎因為打鬥、撞擊等原因，令上犬齒折斷，這樣看上去就沒那麼長了。」

「噢，明白了。劍齒虎……」南森的表情變得很是嚴肅了，他低着頭，像是想着什麼。

「消亡的劍齒虎怎麼會出現在倫敦？還是以魔怪的形

式出現。」保羅很是不解地參與到討論中來，「會不會是劍齒虎整體消亡前，這隻已經變成了魔怪，然後現在出現了。」

「噢，這是你們的調查範圍。」道奇看看保羅，「我只負責巨獸本身部分的調查。」

「這種可能……」南森說着頓了頓，「倒是存在。這樣一隻巨大的魔獸，在這幾千年時間裏，起碼我看過的魔法典籍都沒提到過，隱藏這麼深的魔怪，罕見、極罕見。」

這時，海倫和本傑明、派恩已經洗漱完畢，並匆匆吃了幾口早餐，來到了客廳裏，按照道奇的説法，他們這就算是正式上班了。

「道奇先生説昨晚的巨獸是已經消亡的劍齒虎。」南森連忙向三個小助手介紹，「我想我們要認同這個學術界權威的確認。」

「噢，劍齒虎。」派恩叫了起來，「電視、電影裏的明星，前些天我還看了一套電影呢，劍齒虎大戰史前巨熊。」

「那種片子，大都不科學，很不科學。不過我擔任

科學顧問的幾部片子就不一樣了，比如說探索頻道的《史前百萬年》節目……」道奇很是認真地說，「噢，怎麼說起電視了？什麼事情都要講究證據，我已經做了一個電腦簡報，能充分證明那就是劍齒虎……請問哪台電腦可以用？」

說着，道奇拿出一個小小的記憶棒，本傑明連忙打開自己的電腦，把記憶棒插上去，找出了道奇的簡報。

南森等人都圍了上去，保羅也踮着腳尖，努力地趴着桌沿，海倫一把把他抱到桌子上。

「請看，這是根據目擊報告復原的巨獸的外表……」道奇用滑鼠打開簡報的第一頁，上面出現了一隻巨大的老虎。

「劍齒虎。」派恩看着簡報，直接說。

「請看科學復原的劍齒虎圖片，還有同時期的一些貓科、犬科動物……」道奇說着連續播放了幾張圖像，「最符合目擊者描述的，明顯就是劍齒虎了。劍齒虎和現代老虎有一些區別的，不過那幾個目擊者晚上看得應該不是很清楚。」

「是呀！」海倫在一邊點着頭。

「昨天晚上，你們都回家了，我其實沒回去。」道奇有些得意地說，「我去了醫院，那個受傷的大學生，叫皮特的那個，正好在醫院裏接受檢查，還要留院觀察一晚，他可是最近距離面對巨獸的目擊者，而且聽到了巨虎的怒吼。我的背包裏就有劍齒虎的吼聲，沒錯，我們複製了劍齒虎化石的喉管，模擬出了劍齒虎的發聲，那吼聲和現代的老虎吼聲還是有很大不同的。我把劍齒虎的吼聲混在幾種老虎吼聲和豹子吼聲中給他識別，他準確地聽出晚上對着他怒吼的聲音，就是劍齒虎的聲音。」

「嗷——」道奇說着按下了滑鼠，電腦喇叭裏傳出一陣吼聲，這吼聲有些像打雷，清脆，震動力強大，和老虎吼聲有很大區別。

本傑明和派恩嚇了一跳,保羅更後退了一步。

「這就是劍齒虎的聲音。」道奇得意地點點頭,「綜合以上所述,我認定昨晚出現在倫敦德尼街的,就是一隻遠古的劍齒虎。」

「這是較為完整的證據鏈,權威就是權威。」南森在一邊信服地點着頭,「謝謝,道奇先生,很感謝你的幫助。你昨晚就去了醫院探訪目擊者,真沒想到!你這種敬業精神真是令人讚歎。」

「我只是在做我的工作,我就是這麼敬業。」道奇並不掩飾自己的得意,「啊,目前我的工作就進行到這裏了,至於牠是不是魔怪,要你們來判斷了。」

「海倫,你認為呢?」南森點點頭,隨後望着海倫,「一隻史前巨獸出現在倫敦,還是個魔怪。」

「我覺得……劍齒虎已經確認了,從攝影不能成像來看,可以説就是個魔怪。派恩説鏡頭角度不對,沒有拍到老虎,我覺得不是這樣的,那個開車的司機由於慌亂,倒有可能沒有拍到老虎,但從鏡頭的角度看,覆蓋了事發現場,能拍到那幾個大學生,也能拍到劍齒虎,但是劍齒虎沒有成像,説明就是個魔怪。」

31

「而且直到現在，倫敦都沒有新一宗街頭出現老虎的目擊報告，說明牠隱身了，只有魔怪才會隱身，否則這樣一隻老虎，無論是劍齒虎還是現代老虎，走在這都市的街上早被發現了。」本傑明跟着說，「難道牠會入住一家旅店藏起來嗎？」

「我⋯⋯昨天道奇博士測量地表溫度，南森博士說魔怪體溫低所以造成地表溫度被降低的時候，我就認為那巨獸是魔怪了。」派恩看本傑明說完，急着說，隨後扭頭看着本傑明，壓低聲音，「昨晚你還覺得我說鏡頭沒有拍到老虎是對的呢！」

「我改變主意了。」本傑明直爽地回答。

「我們現在由雙方一起確定了兩個重點：一，這是一隻劍齒虎；二，這是一隻魔怪。」南森一字一句地說，「沒人有意見吧？」

「沒有⋯⋯」海倫第一個說，隨後本傑明和派恩、保羅也跟着附和。

「另外，這隻劍齒虎在倫敦，應該是一直隱身的，牠有這個能力，否則早就被發現。」南森繼續說，「但是就在公寓前，牠還是被發現了，牠顯身了，還被人從後面拍

了一下。 牠為什麼顯身？現在還不得而知，我們知道長時間隱身是要經常地唸隱身口訣的，否則就會顯身，而越是龐大的身軀，隱身時越是耗費魔力，牠會不會是在沒有意識到的情況下顯身了呢？」

「我沒聽懂。」道奇問道，「不是施展一下魔法，就一直隱身嗎？」

「短時間是這樣。」南森解釋道，「如果長達好幾個小時，那麼每一小時或者兩小時就有自動顯身的可能，隱身者一般都會感受到，馬上再唸隱身口訣即可，但是有些隱身者會忽略了。」

「噢，好複雜。」道奇似乎聽懂了南森的解釋。

「目前牠看起來還算溫和，因為牠沒有攻擊那幾個目擊者，咆哮了幾聲就逃走了。牠應該還沒走遠，就在倫敦……這是我的直覺……」

第三章　有湖水的公園

南森説着，走到了倫敦地圖前，雙手抱在胸前，認真地看着倫敦地圖，他一言不發，眼光似乎也停在了地圖的某一點上，海倫知道，他這其實是在思考問題。

本傑明把簡報軟件關閉，記憶棒退出後還給道奇。大家也都離開了桌子，各自找地方坐下，偵探所裏，頓時顯得一片寂靜。

南森站在地圖前，足足站了有三分鐘，他一動不動的，大家也不敢打擾他。保羅走到坐在沙發上的海倫的腳邊，海倫把他輕輕地抱起來，放到沙發上。

「道奇先生。」南森忽然轉身説道，派恩嚇了一跳，他其實也在想着到哪裏去找劍齒虎，「劍齒虎的生活習性和規律，你也知道吧？」

「非常清楚，因為我是權威。」道奇的語氣非常地堅決。

「那麼這種動物有什麼特別的習性嗎？牠們和老虎的

習性一樣嗎？」

「噢，這個問題可很宏大。」道奇說，「這種動物嘛，和老虎可以算作是兄弟，老虎有的習性，牠們都有，例如，以大型食草動物為食物來源，捕獵時依靠強而有力的前肢撲倒獵物，將牙齒刺入獵物的咽喉，劍齒虎的生長年代，處於第四紀冰河時代，當時的氣候寒冷，而劍齒虎有一副和現代老虎一樣保暖的外皮……」

「很好，很好。」南森突然兩眼放光，露出些許興奮的樣子，「道奇先生，你說的太好了……」

南森從道奇說的話中推斷到什麼？

「噢，哪一句？還是所有的？」道奇略有發愣，他有些得意地問。

「最後那兩句，劍齒虎所處的時代，第四紀冰河時代。」南森説，「那個時代的地球氣候寒冷，對吧？」

「那當然，比現在可冷多了。」道奇説。

「現在，我們的任務就是找到這隻來自於史前時代的魔獸。」南森沒有回應道奇的話，而是走到客廳中央，似乎要向大家發表演説，「我也研究了目擊報告，據那個給劍齒虎拍照的司機描述，劍齒虎很靈活地轉進了不遠處的小巷，不見了⋯⋯」

海倫的直覺告訴她，南森一定是發現了什麼，或者有了什麼計劃。她和本傑明他們都靜靜地、認真地聽着南森的話。

「靈活地轉進了小巷裏，跑掉了。我們知道，那一帶的小巷子很多，有不少是死胡同。劍齒虎顯然是不希望遇到人類的，牠為什麼出現在那裏，暫時無法推斷。我查了一下，如果是慌不擇路地想逃走，遇到第一個小巷子，牠就會鑽進去，但是那是一條死胡同，而下一條巷子，直通一條大路，這説明⋯⋯」南森説到這裏，頓了頓，「牠熟

36

悉地形，牠了解那裏，牠不是偶爾路過倫敦而誤入城市深處的。」

大家都瞪着眼睛，仔細地聽着南森的每一句話，他的推理，一定會導出他要的結論，並為他下一步的計劃提供支援。

「所以我認為，這隻劍齒虎，就在倫敦，沒有發現牠，是因為牠隱身了，這是魔怪的慣用隱藏手段，當然，昨晚牠為什麼顯身並被發現，這是另外一個問題。」南森繼續說，「劍齒虎在倫敦，那麼牠在什麼地方呢？本傑明說的對，牠不可能找一間旅店住下，我們要從牠的習性入手。現在正是盛夏，來自於第四紀冰河時代的猛獸，一身厚厚的皮，一定最怕熱，能去哪裏躲藏呢？公園！倫敦有幾個大的、有湖水的公園，白天，牠可以隱身在公園的密林處，躲避陽光直射；晚上，倫敦有些公園十點後會關閉，那時牠便可以自由地在公園裏走動，而湖水則可以幫牠降溫，你們都見過在湖水或河水裏洗澡的老虎吧？這麼熱的天氣，牠不會放棄這種地方的。」

「很有道理。」道奇聽到南森這些話，很是興奮，連忙叫好。

「博士，我已經知道你的意思了。」海倫也很興奮地說。

「嗯？」道奇看看海倫，「你知道我什麼意思了？」

「噢，我是說南森博士。」海倫連忙擺擺手，「我忘了這裏有兩位博士。」

「博士……我是說南森博士……」本傑明跟着說，「是讓我們去公園裏找那隻劍齒虎。」

「我們去倫敦市裏和郊外的這些公園，安放魔怪探測器。」南森說着指了指地圖，「白天的時候，劍齒虎不一定在，誰知道牠會溜到什麼地方，但是晚上，牠極有可能會在某個公園休息，只要我們在這些公園布置偵測儀器，就能找到牠，當然，要是安放魔怪探測器的時候能遇到牠，就動手抓！」

「現在就可以去了。」派恩說着衝到地圖前，「倫敦市內也沒多少個有湖水的公園……」

「攝政公園、海德公園、肯辛頓公園、巴特西公園、伯吉斯公園。」南森指着地圖，「這五個公園有人工湖，而且面積都很大，晚上公園還會關閉。注意，這點也很重要，如果是全天開放的公園，即使是隱身進入湖中，也會

弄出聲響，會驚動可能仍在公園裏的人，劍齒虎一定會注意到這點的。另外，拉尼勒公園、塔伯德公園等都是小公園，晚上雖然會關閉，但是沒有湖水，可以忽略。」

「噢，我覺得我們就要抓到劍齒虎了。」保羅也站了起來，「噢，不過根據我最新預測的結果，我們馬上抓到劍齒虎的概率為……百分之五十。」

「好高的概率呀！」本傑明説，「剛才我們還毫無頭緒呢，現在就有這麼高的概率了。」

「博士，南森博士——」道奇舉着手，他顯得非常激動，「我也要去，就要看到真實的劍齒虎了，這個發現一定會震驚全球生物界的！我研究了這麼多年，我花費了這麼多心血，我就要見到真的劍齒虎了，我好想抱一抱牠……」

「抱一抱就算了，牠可是魔怪。」南森笑了笑，「你當然可以跟着去，有些事我們可能還要請教你，不過要聽我們的指揮，這不是去做研究，這是直接面對魔怪，有危險性的。」

「知道，我知道。」道奇連連點着頭。

第四章　等待

五分鐘後，大家就上了南森的汽車，南森和道奇坐在最前面，後排坐着幾個小助手，他們先要去距離偵探所最近的攝政公園，這個公園非常大，裏面還有一個很大的人工湖，就叫攝政公園湖。

盛夏的公園裏，陽光刺眼，由於高溫，公園裏的遊客並不是很多。南森他們從車尾箱裏拿了五枚微型的魔怪探測器，向公園走去。這種魔怪探測器很小，從外形上看，有的像石頭，有的像是斷樹枝，探測器的下方，有一根短針，可以插到地上，安放後看上去就像普通的石頭或斷枝，隱蔽性很好。每個探測器的探測範圍都高達八百米以上，如果發現魔怪，會立即向保羅身上的預警系統發出信號。

他們剛進公園，保羅就向裏面發射探測信號，他當然希望魔怪就藏在這裏，這樣便不用安放魔怪探測器了。

海倫和本傑明、派恩也用幽靈雷達掃來掃去的，他們

此時扮作遊客一樣。不過直到他們走到湖邊，也沒有發現什麼。

南森看着手機，上面是攝政公園湖的地圖，他布置了五個安放魔怪探測器的地點，海倫他們小心地把五個魔怪探測器安放完畢，探測器的信號覆蓋了整個湖區，最後，保羅對這五個探測器做了信號測試，確認探測器功能良好，他們便離開了攝政公園。

十五分鐘後，南森他們的汽車又停在了海德公園門旁的停車場裏。他們下車，進到海德公園裏。保羅繼續對公園裏進行探測，尤其是當他們經過公園中一片茂密的樹林時，保羅總覺得裏面會藏着那隻隱身休息的劍齒虎，但是樹林裏什麼反應都沒有。他們來到了海德公園的長湖邊，這次，南森指揮小助手們安放了四個魔怪探測器，同樣覆蓋了整個湖區。

海德公園和肯辛頓公園連接一起，肯辛頓公園中央有一個湖，叫做圓湖，因這個湖的外形就是一個圓形。在這個湖邊，他們安放了三個魔怪探測器，隨後離開了肯辛頓公園。

接下來，他們又去了巴特西公園和伯吉斯公園，安放

魔怪探測器。

　　放好最後一個魔怪探測器，已經是下午一點多了。安放探測器的過程中，他們沒有發現劍齒虎，南森其實倒不希望此時發現劍齒虎，因為是白天，又是大城市，如果發生打鬥，很有可能會傷及市民。

　　「道奇先生，目前的工作都完成了，我先送你回皇家學會，還是你的家裏？我看你需要休息一會了。」南森剛坐上車，就問。

　　「我確實有點累了，還以為在公園裏就能發現劍齒虎。」道奇聳聳肩，「不過……是不是說安置了這麼多魔怪探測器，那劍齒虎一旦出現在探測器周圍，你們就能立刻知道？」

　　「當然，這就是我們設置探測器的目的。」南森點點頭。

　　「那麼我要和你們在一起，繼續我的工作。」道奇毫不猶豫地説，「我不願意失去任何見到劍齒虎的機會。」

　　「好的，那我們回偵探所。」南森説着發動了汽車，「偵探所裏也有客人房的。」

　　南森開車回到了偵探所，忙了一個上午，他們都有些

累了。海倫叫了外賣，保羅跳到了一把椅子上，這樣看起來他要高很多。

「我說，你們都累了，我可不累，現在的工作就看我了。你們吃完午餐就去休息一會吧，我是不會漏掉探測器發來的信號的。」保羅說。

「你可千萬不能漏掉。」道奇有些不放心地說，「當今最偉大的發現，史前的劍齒虎，有了這隻劍齒虎，皇家學會的史前生物學研究就領先世界了，而且會一直領先下去，當然，是在我的領導之下。」

「噢，我理解你的心情。」保羅搖晃着尾巴，「可是我要請你注意，這隻劍齒虎可是一個魔怪。」

「更是一隻劍齒虎。」道奇揮着手說，「很多沒有解開的謎題，就要解開了，你說牠是魔怪？那麼我可以和牠說話了？」

「這個……」保羅一副無奈的表情，「理論上有這個可能……但是，你還是先休息一會吧……」

保羅跳下了椅子，他覺得無法向這樣一個從未接觸過魔怪的人講述魔怪的危害和危險，不過無所謂，反正抓魔怪的也不會是這位博士，而是南森博士。

　　大家吃完午餐，倒是不覺得累了。南森安排道奇去休息，他和幾個小助手則都在客廳裏繼續研究案情。接下來，他們就要等待劍齒虎在某個公園裏出現了。

　　南森一直認為劍齒虎白天出現的可能性不大，既然五個公園都沒有發現牠，牠一定隱藏在某個角落裏，而白天的氣溫高，牠這種來自嚴寒時代的動物不會長距離移動，所以，入夜之後，尤其是五個公園關門後，劍齒虎出現的概率才會大。

　　道奇昨晚基本忙了一晚，然後又跟着跑了一個上午，確實比較累了。他一直休息到下午五點，然後精神煥發地走到客廳。

　　「嗨，各位，道奇一號還沒有出現嗎？」道奇一進客廳就問。

　　「道奇一號？」海倫一愣，大家也都看着他。

　　「我用我的名字給劍齒虎的命名，道奇一號。」道奇説，「今後，道奇一號要寫進我的研究報告，轟動世界，載入史冊，這個名字不響亮嗎？你們覺得呢？」

　　「很好。」南森第一個説道，「道奇一號。」

　　「不要再有道奇二號和道奇三號。」派恩在一邊喃喃

地説，「那樣就有得我們忙了。」

　　很快到了晚餐時間，大家吃完晚餐，那種感覺和下午的時候有些不一樣了。外面的天已經漸漸黑了，十點後，那五個公園都會關閉，「道奇一號」——就是那隻劍齒虎就有可能出現了。

　　「小保羅，小寶貝。」道奇吃完晚飯，突然走到沙發那裏，把保羅抱了起來，隨後把他放到窗台上，「你確認你的系統沒有問題？」

　　「當然。」保羅説着就從窗台跳了下去，道奇想攔卻沒有攔住，「幹嗎把我放到窗台上？」

　　「就是，幹嗎把保羅放到窗台上？」派恩跟着説，「外面的貓咪要是看見保羅在窗台上，會集體跑過來向他示威的。」

　　「這樣信號會好些呀！」道奇解釋道。

　　「噢，你想得還真多。」保羅説，「我即使到地下室去，信號也會很好，這是……博士設計的高科技，和你説也不懂……另外，我叫保羅，不叫小寶貝。」

　　「好的，保羅，不叫小寶貝。」道奇説，「你好好地接收信號，現在，我要去看書了，我一天不看幾十頁書，

這一天就等於沒過。」

　「我要是一天不和本傑明吵兩句，這一天就等於沒

過。」派恩嘻笑着説。

　　道奇捧着那本厚厚的《史前時代生物史》看了起來，這本書看起來足有五百頁，看了一會，道奇從背包裏又找出一本書——《對史前時代生物史的補充》，看了起來，這本書足有七百頁。又過了一會，道奇翻出一本《對史前時代生物史補充的補充》，看了起來，這本書足有一千頁。

　　南森連忙把本傑明和派恩叫到一起，讓他們學習道奇的認真精神，他已經是學術界權威了，還這麼孜孜不倦地學習，相比之下，派恩和本傑明天天想着玩遊戲，真的沒法比，只有海倫具備這種刻苦學習的精神。

　　不知不覺，已經到了十點了。大家都有些緊張了，那些魔怪探測器隨時會傳來信號。只有道奇，仍在認真地讀書，還邊讀邊記錄着什麼。

　　本傑明有些坐卧不寧的，他真希望馬上接到信號，前去捉拿劍齒虎，海倫叫他不要在沙發上晃來晃去的，本傑明瞪了海倫一眼，索性不在沙發那裏坐。他走到了道奇身邊，圍着道奇轉了兩圈。

　　「嗨，小寶貝，你有事情嗎？」道奇放下書，看着本傑明。

「我叫本傑明……」本傑明先糾正了道奇，「我……沒什麼事……其實有個問題，小小的問題。」

「那你説。」

「霸王龍能不能打贏劍齒虎？」

「這個……」道奇一愣，隨後搖搖頭，「小寶貝，霸王龍生活在白堊紀晚期，距今6,500萬年，劍齒虎的生活年代最早距今100萬年，牠們碰不到一起。」

「如果呢？如果碰到一起呢？」本傑明可不甘心。

「這個……科學倒是可以假設……這個問題真的很難，從體型上講，霸王龍體型遠大過劍齒虎，但不是説體型小戰鬥力就一定差，迅猛龍就敢於攻擊比自己體型大很多的恐龍。噢，我們可以做一個場景試驗，最好的辦法是將雙方攻擊力進行數學量化對比……」

「我只想知道哪一個厲害，我不想數學參與進來，我不喜歡數學。」本傑明説着就要走。

「這可不行，遇到學術上的問題和難點，轉身就走可不是治學的正確態度。」道奇一把拉住了本傑明，「做一個數學量化分析並不複雜，最多一周時間就能得出答案。」

「一周時間？」本傑明苦笑起來，想走卻走不了。

派恩在一邊看着本傑明，笑了起來。南森看着道奇那認真的樣子，也笑了起來。

「嗨，小寶貝，我們先來分析霸王龍，那麼我們就選一隻體型中等的霸王龍吧，從科學的角度講⋯⋯」道奇把本傑明硬拉到身邊，隨後打開一本書。

「信號來了──」保羅突然大吼一聲，「博士，在肯辛頓公園的圓湖那裏！」

第五章　延伸爪

「幾隻？信號強烈嗎？」南森立即站了起來。

「一隻，信號很強烈。」保羅激動地說，「完全鎖定了。」

「追妖導彈準備好了嗎？」南森說着揮揮手，召集大家向外走。

「咔——咔——」保羅前身下俯，後背伸出追妖導彈的發射架，上面的四枚導彈的彈頭被燈光一照，散發出威嚴的啞光，隨後保羅將導彈收起，示意自己已經準備好了。其實晚餐一過，海倫就在博士的實驗室裏給保羅裝上了四枚追妖導彈。

「你們這是……」道奇看着保羅彈出的導彈發射架，有些吃驚。

「走啦，老寶貝。」保羅招呼道奇。

大家急匆匆地出了門，上了南森的汽車。南森駕車穿過大街小巷，距離肯辛頓公園還有八百米，保羅又喊了起

來。

「我自己的預警系統也捕捉到信號了，沒錯，博士，劍齒虎就在圓湖裏。」

距離肯辛頓公園不到四百米，海倫和本傑明、派恩的幽靈雷達也捕捉到信號了。南森連忙駕車在公園外的路邊停下。

大家匆匆下了車，來到公園的外面，公園外有一道建立在矮牆上的鐵柵欄，連同矮牆，大概比一個成年人高一些。此時的公園已經閉園，裏面靜悄悄的，園外的道路上也只見汽車行駛，不見一個行人。夏天的晚上，天氣還是很濕悶。

「我們進去，按照計劃，先包圍牠，到位後等我的命令。」南森對幾個小助手説。

説着，大家開始翻越欄杆。欄杆不高，大家都輕鬆地翻了過去，保羅唸了一句魔法口訣，從欄杆上飛了過去。道奇也跟着大家翻了過去。

「你可以留在外面，在這裏等也行。」南森想制止道奇，前面正面臨着危險。

「沒事，我跟在你們後面，我不會弄出聲響的。」道

52

奇急切地説，「你們不會傷害劍齒虎吧？」

「要看牠的抵抗程度了。」海倫説，「我們動作會很快……」

「我要跟你們去，我就在你們後面。」道奇強烈要求跟在後面。

「別弄出聲。」南森可沒工夫在這裏和道奇講道理，他只能點點頭，「小心點。」

道奇一口答應，大家是從公園北面的貝斯維特路進入的，向南一百多米，就是圓湖了。公園裏的所有照明燈已經都關閉了，這裏晚上沒有守夜的管理員，完全處於寂靜之中。他們借着幽靈雷達的指引前進，上面的魔怪反應清晰極了。

大家一起向前走了不到五十米，突然，南森站住，走在最前面的保羅沒有轉身，但也站住了。南森擺了擺手，海倫、本傑明和派恩一個向右，兩個向左開始迂迴地前進，他們要形成一個包圍圈，從圓湖的四面包圍住劍齒虎。

小助手們出發了，南森回頭看看道奇。

「你跟着我。」南森壓低聲音説。

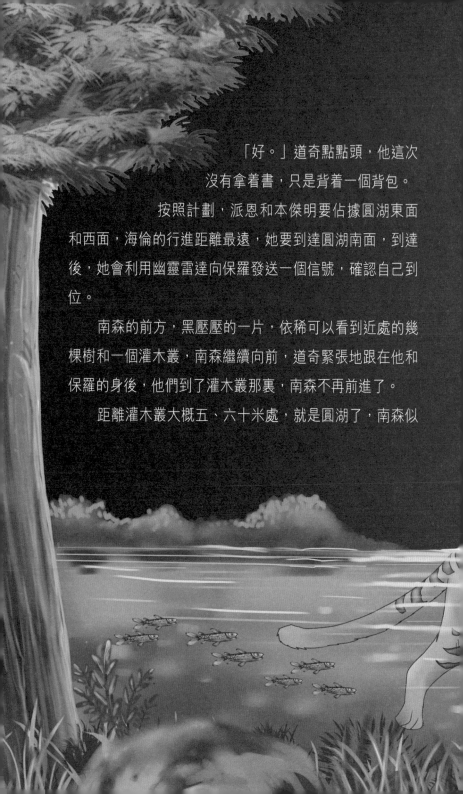

「好。」道奇點點頭，他這次沒有拿着書，只是背着一個背包。

按照計劃，派恩和本傑明要佔據圓湖東面和西面，海倫的行進距離最遠，她要到達圓湖南面，到達後，她會利用幽靈雷達向保羅發送一個信號，確認自己到位。

南森的前方，黑壓壓的一片，依稀可以看到近處的幾棵樹和一個灌木叢，南森繼續向前，道奇緊張地跟在他和保羅的身後，他們到了灌木叢那裏，南森不再前進了。

距離灌木叢大概五、六十米處，就是圓湖了，南森似

乎聽到了湖水的翻動聲，保羅發現，劍齒虎就在水中游來游去的，那水聲就是牠發出來的。

「博士，海倫到位了。」保羅小聲地説。

南森點點頭，隨後揮揮手，他們繞過灌木叢，前方是開闊的平地，南森彎着腰向前，忽然，他轉身，看着道奇。

「你就在這裏等。」南森的口吻不容置疑。

道奇很聽話地蹲在了地上，沒有再跟着前進。這裏已經能清楚地聽到水聲了，劍齒虎明顯正在水中嬉戲。

南森繼續向前，距離圓湖只有不到二十米的距離了，

前方正好有一排對着湖的座椅，他和保羅躲到座椅後，向湖面觀察。

一隻巨大的劍齒虎，就在湖水中跳躍翻騰，看得出來，劍齒虎非常興奮，牠絲毫沒有注意到自己已經處於包圍之中了。牠在湖面擊打出巨大的浪花，似乎很是享受。

南森拿出了綑妖繩，對保羅點點頭，保羅立即利用自己的預警系統向海倫他們發出了攻擊令，這時，南森手中的綑妖繩已經飛向了湖面。

「嗖——嗖——嗖——嗖——」連續四根綑妖繩飛向湖面，另外三根是接到攻擊令的海倫他們拋出的，對於怎樣抓捕那隻巨獸，他們早有計劃。

劍齒虎正玩得高興，忽然，牠感覺前爪和身子被綑，於是一頭扎進了湖裏，隨後，牠的後腿也被綑住，接着是肚子被綑住，綑着肚子的繩子越縮越緊，牠的肌肉都無法舒展了。

「嗷——」劍齒虎知道遇襲，狂吼一聲。湖水不深，牠站在水裏，隨即開始發力。

「嘭——嘭——嘭——」的幾聲，綑着牠的綑妖繩紛紛被掙斷，劍齒虎又怒吼了一聲，隨即向岸邊逃去，牠的

方向，正是本傑明那邊，只有幾步，劍齒虎就從湖水中躍出衝到岸上。

本傑明已經站立起來，他本想下水去把被綑住的劍齒虎拉出來，猛地看到劍齒虎朝自己奔來，便知道繩子已經被掙脫了。劍齒虎也看到了本傑明，牠的雙目中頓時噴出了烈火，牠朝着本傑明大吼一聲，縱身一躍撲了上來。牠不用豎起身子，身高就超過了本傑明，牠那氣勢就像是要把本傑明一口吞掉一樣。

「凝固氣流彈——」本傑明毫不畏懼，他向前衝了一步，隨後一甩手，射出了一枚氣流彈。

劍齒虎此時想躲避這麼近距離射出的氣流彈已經來不及了，只聽「轟」的一聲，氣流彈在劍齒虎的肩膀旁炸響，爆炸產生了巨大的白色煙霧。劍齒虎大叫了一聲，當即被炸翻在地，不過牠並沒有倒地不起，而是翻了一個身，又站了起來。

本傑明一愣，看來劍齒虎的抗擊打能力超強，他隨手又向劍齒虎射出了一枚氣流彈，氣流彈「轟」的一聲在劍齒虎的脖子上方爆炸。

劍齒虎被炸得趴在地上，痛苦地晃着腦袋，不過爆

炸過後，牠立即站了起來，身體晃了晃，繼續向本傑明走去，越是巨大的魔怪，抗擊打的能力就越強，本傑明當然知道這點，但是像這隻劍齒虎般能抵抗住氣流彈這麼近距離攻擊的魔怪，的確少見。

看到劍齒虎向自己衝來，本傑明揮拳迎上去，他唸了魔法口訣，讓自己的臂膀增力五十倍，準備對劍齒虎猛烈一擊。

劍齒虎撲了上來，牠揮起了巨爪，猛地拍向本傑明。

「嘿——」劍齒虎還未和本傑明正面相擊，半空中派恩突然出現，飛身躍起，對着劍齒虎一腳踢下。剛才劍齒虎對着本傑明吼叫的時候，他就飛奔過來增援了。

「啪——」的一聲，派恩的腳直接踢在劍齒虎的脖子上，劍齒虎沒想到這一招，腦袋一歪，身子晃了晃。

又一聲「啪」，本傑明一拳打了過來，正好砸在了劍齒虎的頭上，這拳的力氣極大，劍齒虎的腦袋猛地被砸向一邊，差點摔倒。

「嘿——」海倫也趕到了，她出現在劍齒虎的左側，一拳打過去，劍齒虎的側腹部頓時出現一個拳坑。

連續遭到本傑明他們的攻擊，劍齒虎似乎有點招架不

住，牠吼了一聲，身子縮到了湖邊，然後低着頭，做着迎擊的準備，喉嚨裏發出一陣陣低沉的哀吼聲。牠知道自己被包圍了。

「呼——」的一陣風聲，南森高高躍起，從劍齒虎的側面一腳踢下，這次劍齒虎似乎有了防備，而且南森踢下的風勢極大，劍齒虎向後一縮身子，半個身子又入水，躲過了南森的這一腳。

南森落在劍齒虎的右側，背對着牠，距離牠的頭部不到兩米，劍齒虎看到機會來了，揮爪就拍向南森，南森也感覺到了風聲，他一閃身，躲過了這一爪。

保羅跟着跑了過來，他對着劍齒虎吼叫着，從體型看，劍齒虎比保羅大幾十倍。可是保羅仍想找機會撲上去撕咬一口。

「你們，抓活的呀——」看到南森他們包圍了劍齒虎，道奇跑過來喊道，剛才隱約地看到劍齒虎出水，他就按捺不住了，這可是一隻活着的劍齒虎呀，這對他這個古代生物學家來說意味着什麼，一般人也能想像出來，他以前從未奢想過有朝一日能看到活着的劍齒虎。

南森他們當然想抓活的，對峙停頓了不到十秒鐘，南

森突然猛地出拳，展開了攻擊。劍齒虎見南森撲來，牠也不躲避，伸出巨爪也打了過去。

「咔——」的一聲，南森的拳頭和劍齒虎的爪子撞到了一起，發出巨大的響聲，他倆全都後退一步，感覺到了對方的力量。

三個小助手可不想測試劍齒虎的魔力，他們三個紛紛出拳出腳，猛襲劍齒虎，劍齒虎閃過一個，身子一擺，撞向海倫，相比劍齒虎的巨大體型，小小的海倫被撞得飛了出去。

「巨人——巨人——巨人——」南森用手指着小助手，包括倒地後正在爬起來的海倫，唸了魔法口訣。

霎時間，海倫、本傑明和派恩變得身高全部超過兩米，南森對着自己也唸了句口訣，身高也突然變得猶如籃球明星，轉眼間，他們在體型上就沒有什麼特別明顯的劣勢了。

「巨犬——」保羅對着自己也唸了句口訣，他也想參戰，但是南森明顯不想讓他參戰，沒有對他唸口訣，保羅決定自己變得大一些，他也是會不少法術的。

「呼——」的一下，保羅的身體一下變得比以前大

了好幾倍，但是由於法術的掌握不精，他的腦袋還和以前一樣大，看上去很不協調，他自己也覺得這個狀態很不舒服，只好唸了恢復口訣，變回了正常的模樣。

這邊，變大了的小助手們已經撲上去圍攻劍齒虎了。劍齒虎看到對手施展了法術，皺了皺眉，但是依舊張狂，牠毫不畏懼，對着海倫他們又撲又咬。

體型變大了的南森看準機會，一步跨上去，一拳就砸在劍齒虎的後背上，這拳非常重，劍齒虎立即就趴在了地上，派恩和本傑明上去一人按住一隻劍齒虎的前爪，海倫對着劍齒虎的頭部猛擊。別看派恩和本傑明平常吵來吵去，擒拿作戰的時候可是有相當的默契度的。劍齒虎被海倫砸了幾下頭，腦袋發暈，牠狂吼一聲，就地橫滾，掙脫了派恩和本傑明的束縛。

趁着劍齒虎還未站起來，南森撲上去按住了劍齒虎的後身，劍齒虎動彈不得，海倫上去又是一拳。劍齒虎突然豎起尾巴，打在了南森的後背上，南森沒有防備，歪倒着差點摔倒，本傑明扶了他一下。這時，保羅突然衝上去，咬了劍齒虎一口，然後立即躲開，派恩則飛起一腳，重重地踢在劍齒虎相對柔軟的側腹部，劍齒虎痛得吼了一聲。

劍齒虎又一

個橫滾，躲開

了派恩的另

一腳，牠這

次站起來，

不像剛才那樣匆

忙迎戰，牠忽然低

下頭，隨後猛地抬起

頭，與此同時，牠的兩個

前爪也高高舉起，兩個前爪像是被

施了魔法一樣，爪子的周邊突然被金黃色的光包裹住，隨後，金黃色的光消失。

「啊——」本傑明可不管這些，猛撲上去。

劍齒虎冷笑着，身子向前一縱，揮着爪子抓向本傑明。

「小心——」南森看出了什麼，一把拉住本傑明。

「啊——」本傑明叫了一聲，他的前臂已經被抓破了，衣服都破了，前臂上露出幾道明顯的爪痕，血流了下來。關鍵是，劍齒虎的前爪距離他還有兩米的距離呢，雙

方其實根本就沒有接觸上。

「小心牠的延伸爪——」南森大聲提醒着小助手們。劍齒虎剛才一施展魔法，他就大概看出了劍齒虎的招數。

「啊——」海倫驚叫一聲，劍齒虎對着她揮了一下爪子，那爪子距離海倫兩米多，但是海倫的肩膀依舊被抓破，她叫了一聲，後退兩步。這種延伸爪看不見外形，這才是它的危險所在。

「無影鋼鐵牆——」南森連忙唸口訣，「大家復原躲避——」

一道無影無蹤但是堅固無比的巨大鋼鐵牆頓時豎立在南森面前，本傑明、海倫和派恩連忙都躲在鋼鐵牆後。這次他們是躲避，如果身體太高便不能被鋼鐵牆完全保護住，所以他們紛紛恢復到原形。保羅在劍齒虎的身後對着牠狂叫，但是不敢上前了，劍齒虎沒有理睬他，牠知道南森才是最強大的對手。

「咔——咔——咔——」的三聲巨響，劍齒虎對着南森揮舞着前爪，無影透明的鋼鐵牆上，頓時出現了三排爪痕，鋼鐵牆的外層表皮都被劃破、翻開了。

「啊——」一直躲在一邊觀戰的道奇看到這個場景，

嚇壞了，身子不禁後退了幾步，他慌忙從背包裏拿出一個勘測用的小鐵錘，準備自衞。

南森可是毫不畏懼，他們有鋼鐵牆的保護，劍齒虎的招數兇悍，但是能被鋼鐵牆擋住，他叫小助手們都躲在鋼鐵牆後，本傑明和海倫的傷都不算重。

劍齒虎現在覺得自己佔了上風，牠揮舞着兩隻前爪，步步緊逼，南森他們連同鋼鐵牆一起後退着，上面又被劍齒虎抓出了幾道爪痕。劍齒虎真正的前爪其實距離鋼鐵牆還有兩米多遠，牠操控着延伸爪進行攻擊。

劍齒虎一直無法攻破鋼鐵牆，而且前爪抓在鋼鐵牆上，牠也感到很不適；南森這邊雖倒退着，但是被防護得很好。一個僵局似乎形成了。

「你們用氣流彈攻擊牠。」南森要打破僵局，他壓低聲音，對幾個小助手說，「聽我口令——發射——」

「凝固氣流彈——」海倫他們一起喊道，同時把身子閃到鋼鐵牆的兩邊，把手探出去，射出了氣流彈。

「砰——砰——砰——」氣流彈紛紛在劍齒虎身邊炸響，劍齒虎連忙躲避着。

「繼續射擊，小心牠抓到你們。」南森說道，他已經

想到了打破僵局，對付劍齒虎的辦法了。

　　小助手們繼續把身子探出去攻擊劍齒虎，劍齒虎先是躲閃，隨後後退幾步，牠能抗住氣流彈的爆炸，略微穩定了一下，便操縱着延伸爪抓向探頭射擊的海倫他們。

　　「嘿——」南森突然從鋼鐵牆後高高躍起，他跳起來足有十米高，向下落的時候，頭向下，同時雙手用力劈下，就像是用刀砍什麼東西，「電光刀——」

　　隨着南森的魔法口訣，一道白光閃過，這道白光狠狠地落下，劈向了被劍齒虎操縱的延伸爪。「噌——」的一聲，劍齒虎那兩隻看不見外形的延伸爪同時被斬斷，「嘩鈴——嘩鈴——」兩聲，延伸爪掉在地上，隨後化成兩股白煙，不見了。

　　「啊——」劍齒虎發現看家法寶被破解了，驚呆了。

第六章　巨獸逃走了

南森斬斷了延伸爪，隨即在空中調整姿態，將要落地時翻轉身體，用背部着地，隨後站起來。海倫他們可不給劍齒虎一點喘息機會，他們繞過鋼鐵牆衝了出來，展開了攻擊。

劍齒虎看到自己的絕招被破解，有些發慌，海倫他們又衝上來打牠，牠連忙倒退了幾步，忙着招架海倫他們。南森從側面衝上去，飛起一腳踢在劍齒虎的脖子上，劍齒虎側倒進水中，濺起了一片水花。

「嗷——嗷——」劍齒虎掙扎着從水中站起來，牠發怒了，牠也知道跟這麼多魔法師硬拼，其中還有一個法力超強的魔法師，絕對是打不過的，牠想要逃跑。

「好——好——抓活的——」道奇在一邊跳着腳大喊，他看出來劍齒虎已經抵擋不住了。

這邊，劍齒虎又向水中退了一步，猛地低下頭，喝了一大口水，隨即大張嘴巴，對着衝過來的海倫和本傑明猛

地噴水，不過這股水噴出來後，就像是汽油一般被引燃，形成了一條火龍，直撲海倫和本傑明。

派恩一把拉住海倫，南森則拉住了本傑明，否則依着慣性，本傑明會衝進烈焰之中。幾個魔法師連忙躲避那股烈焰，劍齒虎趁機一下衝過他們，向公園南面拼命逃跑，轉眼就跑出去二、三十米。

「追──」本傑明大喊一聲就要去追。

「等一下。」南森攔住了本傑明，隨後看看保羅，「老伙計，看你的了——」

保羅還沒等南森下令，他看到劍齒虎逃走就已經彈出了導彈發射架，彈出的發射架此時已經抬高，自動調整射擊角度了。保羅的攻擊系統牢牢地鎖定了劍齒虎，牠逃不出一百米的。

劍齒虎跑出去七、八十米，就要跑到公園南面的圍欄了，保羅啟動了發射按鈕，只見導彈發射架後面升起一股白煙，追妖導彈準備發射。

「不——」一個聲音喊道，隨後，一個人撲向了保羅，「不能殺牠——」

保羅毫無防備，被那人從側面推倒，剛剛發射的導彈隨着發射架的歪斜，直接射向了天空，失去目標的追妖導彈升空五百米後「轟」的一聲炸響。

劍齒虎一躍就跳過圍欄，不見了蹤影。

撲倒保羅的正是道奇，南森他們都看着劍齒虎奔逃的方向，等着導彈爆炸，看到道奇撲倒保羅，想去阻止，已經來不及了。再去看看劍齒虎，也不知去向了。

「嘿——你這笨蛋——你這瘋子——」保羅被撲倒，

導彈射空，原想隨即射出的第二枚導彈也終止了發射，他翻身站起來，掙脫了道奇，並罵了起來，他可是很少罵人的。

「道奇，你在做什麼？」本傑明看着撲倒在地的道奇，恨不得上去揍他，「你這魔怪的幫兇——」

「你們不能殺牠，牠來自史前，牠是珍稀動物。」道奇爬起來，理直氣壯地說，「我以為你們隨便一抓就能抓住魔怪，你們不是世界上最頂級的魔法師團隊嗎？原來你們還需要使用導彈，這會炸死牠的！」

「誰告訴你我們隨便一抓就能抓到魔怪的？」南森走過去，他也很生氣，「再說，保

羅的導彈能量我是知道的，這樣龐大的巨獸也許會受傷，直接被炸死的可能幾乎沒有，你希望抓活的，我們也希望呀，我們還想問問牠有沒有同夥呢！」

「我……」道奇愣了一下，聽了南森的這些話，他大概是覺得自己做錯了，「我看過倫敦電視一台的紀錄片，上面說你們在意大利抓到一隻巨蜥怪，很輕鬆……」

「他說的是在博洛尼亞郊外的那隻巨蜥怪。」南森看看海倫，隨後又看着道奇，「那次確實比較輕鬆，但是你怎麼知道每一次都會那樣呢？你怎麼就不看看東京灣的那個案子，那一集電視台也放過好多次了，那次有魔法師犧牲！」

「我、我很少看電視的。」道奇還是嘴硬，但是語氣緩和了很多，「再說我是……動物保護協會會員。」

「我也是。」海倫毫無表情地說，「你知道嗎？剛才保羅的導彈主要是阻止魔怪逃走，炸傷牠後我們會上去解決的，而且這種魔怪自癒能力極強，你完全是在破壞我們的行動，這些天的努力白費了，你還放走了一個對城市有極大危險的魔怪！」

「我……」道奇這次終於低下了頭，「也許……

71

我不知道這些，我就是不想牠被殺，我可能錯了，很抱歉……」

「抱歉有什麼用？」派恩上前一步，指着道奇，「哼，你的智商需要增值……」

「派恩。」南森叫了一聲，隨後看看大家，「走吧，看看牠跑向什麼地方了，也許能找到些什麼……」

外面，已經有警車開來，公園大門打開，幾個警察跑了進來。他們都認識南森，南森簡單和他們説明了一下，便帶着小助手們沿着劍齒虎逃走的方向找去。

他們翻越過圍欄，來到了公園南面的肯辛頓路上，保羅的魔怪預警系統搜索着劍齒虎，但是沒有發現哪裏有魔怪反應。大街上此時一個行人都沒有，連路過的車都沒有。

「博士，你看——」保羅忽然興奮地指着地面。

地面上，有一些巨大的濕爪印。劍齒虎剛從水裏出來，逃跑時有爪印印在地面上，大家一看到濕爪印，頓時都明白了。

南森招招手，他們沿着爪印追了過去，劍齒虎是沿着肯辛頓路向西逃跑的，一路上都有劍齒虎的濕爪印，但是

越來越不清晰。道奇不説話，也跟在大家後面。

　　前方，是一個十字路口，劍齒虎的濕爪印出現在了向北的公園街上，大家連忙追去，不過追了兩百多米，濕爪印再也看不到了。大家無奈地停了下來。

　　「現在是夏天，蒸發快，劍齒虎的腳也慢慢乾了。」南森看着前方，緩緩地説，「不用追了，牠跑掉了。」

　　「全都怪你——」派恩和本傑明一起指着道奇，「你的腦子⋯⋯」

　　「派恩，本傑明。」南森連忙喊道，雖然道奇有錯，但是出發點並不壞，小孩子這樣指責他，心情可以理解，但這是很不禮貌的。

　　「我、我錯了。」道奇低着頭，「我真沒想到會這樣⋯⋯」

　　派恩和本傑明被南森喊住，也不説話了，只是氣呼呼地看着道奇。

　　「今天就到這裏了，起碼我們確定這個城市裏的確隱藏着一隻劍齒虎魔怪。」南森平靜地看着大家，「回偵探所吧。」

　　「南森博士，我⋯⋯」道奇走上前一步，想表達歉

意。

「不在自己認知範圍內的事情，要事先了解，而不能依靠一時的衝動來解決問題。」南森擺了擺手，「這次的教訓，希望對你今後處事有幫助。」

「我錯了。」道奇低着頭説，「我請求你們大家原諒，我……請你們不要開除我，我能彌補今天的過失，我……」

「我説過開除你了嗎？」南森説着就向回走。

「啊，謝謝。」道奇一直低沉的臉又興奮起來，「我有專業知識，我能幫助大家再次找到劍齒虎的，下次抓牠我一定遠遠地看……」

「要是他遠走高飛，哪裏還有下次？」本傑明從道奇身邊走過説，打擊他的興奮狀態。

「啊？」道奇張大了嘴巴，愣在了那裏。

「走吧。」海倫過來拉了拉道奇，「你還和我們在一起吧？回你自己家還是我們那裏？」

「當然是你們那裏，你們還會找到牠的。」道奇連忙跟在海倫後面，「我説，那傢伙不會真的遠走高飛了吧？」

「這個……」海倫邊走邊説，「無論是否遠走高飛，這個案子都是要查下去的。」

「好，明白。」道奇又有些興奮了。

回到偵探所，已經快十二點了。南森叫大家都去休息，他自己則坐在沙發上，想着什麼。

第七章　倫敦動物園

第二天一早，大家還沒起來，道奇已經為大家準備好了早餐，這也算是一點小小的將功補過吧。海倫第一個起來，接着是本傑明，道奇對他們都禮貌有加，他起來的時候已經向在客廳裏的保羅問過早安了，保羅微微點點頭，他還是有點點不高興。

南森起來後，吃過了早餐。發現大家都望着他，明顯是在等他分配工作。今天的工作，南森昨晚已經想好了。

「本傑明，你和海倫今天去幾個鬧市區布置魔怪探測器。公園裏的探測器先不要撤。」南森開始分配工作，「如果牠出現在鬧市區，我們就會馬上得知，免得牠傷害別人。」

「是。」海倫和本傑明連忙說。

「派恩，一會你去魔法師聯合會，向他們詳細通報昨晚肯辛頓公園的事，特別要告訴他們劍齒虎的模樣和魔力水平，倫敦市區要再加派一些魔法師巡邏了。要他們注

意，劍齒虎如果出現在公共場所，也會以隱身的形式，所以要配備幽靈雷達。」

「是。」派恩答道。

「我呢？」保羅急着問。

「警方把大學生第一次遇到劍齒虎那個晚上的監控錄影傳給你了吧？」南森問，「公寓大樓閉路電視和交通警的監控鏡頭拍攝到的。」

「當晚就傳給我了。」保羅説。

「你給我播放出來，我們一起看錄影。我需要事發前後各五分鐘的錄影。」

「看錄影？」保羅略有疑惑地問。

「對，事情突然被中斷，那麼我們就從頭開始。」南森説，「一切都要重新做起來。」

聽到這句話，道奇很不好意思地低下了頭，不敢看大家。

「好吧，我們分頭行動吧！」南森站起來，看看大家，「外出的人注意開啟幽靈雷達，發現情況立即報告。」

「博士，我幹什麼？」道奇看到南森沒有提到自己，

抬起頭問。

「繼續看你的書，有關劍齒虎的問題，我會向你提問。」南森說。

海倫他們都出去了，道奇把書攤在辦公桌前，現在他借用本傑明的辦公桌，可他沒有看書，而是看着南森。

南森坐到沙發上，面對着站立的保羅，保羅的背後已經升起了一塊顯示屏幕，南森叫他把大學生遇到劍齒虎當晚的影片播放出來，先播放的是公寓大樓閉路電視拍攝的錄影。

道奇看到播放錄影，書也不看了，而是小心地走過來，坐在南森身邊一起看。南森很有耐心，錄影一共有十分鐘，南森叫保羅連續播放了四遍，看到第五遍的時候，道奇有些不耐煩了，影片上無非就是幾個大學生從轉角走出來，然後一人用手拍擊什麼，就像是拍擊空氣，隨後就是幾個人驚慌失措的樣子，接下來是四散而逃，一個人撞到樹上，隨後繼續逃。因為影片是固定的攝錄機拍下的，所以角度不變。

「交通警監控鏡頭拍攝的影片，給我播放吧！」南森終於不再看公寓大樓的閉路電視錄影了。

保羅答應一聲，畫面開始播放從另一個方向拍攝的錄影了。角度不同，但是記錄的事件都是一樣，只不過換了一個觀察方向。

這段錄影也有十多分鐘，南森看了兩遍，突然嚴肅起來。

「老伙計，你把劍齒虎逃走的那個小巷子的巷口放大。」南森突然説。

「右上角那裏嗎？」保羅問。

「對，就是那裏，還好被攝錄鏡頭捕捉到了，下一個巷口就拍不到了。」

保羅連忙將那裏放大，道奇知道南森發現了什麼，連忙伸過頭來，不過被放大的巷口也就是一個普通的巷口，道奇什麼都沒有發現。

「列印一張，清晰的。」南森説，「從錄影開頭截取畫面。」

保羅又答應一聲，不一會，一張圖片就被列印了出來。

「我用了過濾鏡和增強圖元效果。」保羅得意地説，「效果不失真，而且更清楚。」

「謝謝，老伙計。」

南森説着拿過那張圖片，道奇又伸過頭來看。圖片確實很清楚，巷口那裏的所有東西都拍攝下來了。

「看出什麼了嗎？」南森問。

「這個……」道奇瞪大眼睛，仔細地看着，「一個巷子口，沒有行人和汽車……」

「不用管行人和汽車。」南森淡淡一笑，「請看畫面上的。」

「這個……」道奇尷尬地笑了笑，「好像沒什麼。」

「巷口那裏有一個垃圾桶，是倒下的。」南森説道。

「垃圾桶？」道奇順着南森手指的方向看過去，「嗯，確實有個垃圾桶。」

「説明了什麼？」南森又笑笑。

「説明了……倒下的垃圾桶……」道奇叫了起來，「嘿，是誰這麼不小心，把垃圾桶推到了，太沒有公德心了吧……南森博士，你要去衛生署舉報這個人嗎？可我們不知道他是誰呀！」

「他是……」南森説道這裏，忽然停了下來，他看看保羅，「事發當晚的全部錄影你都有吧，時長多少？」

「大樓的錄影四個小時，交通警的錄影也是四個小時。」保羅説，「你剛才只要求播放事發時間前後五分鐘的。」

「交通警的錄影，從事發時間向前放。」南森吩咐道，「用五倍快進方式播放，放大播放巷口那裏。」

保羅答應一聲，開始調取全部的交通警錄影，他先是找到事發時間，也就是晚上九點的時間點，隨後開始向前快進播放，南森則低着頭，認真地看着錄影。

道奇也看着錄影，他感覺南森好像是要找到那個弄翻垃圾桶的人。

「停——就這裏——」南森突然叫了一聲，嚇了道奇一跳，「開始按時間順序正常速度播放。」

錄影開始播放，時間是事發時間當晚的八點，巷口豎立的垃圾桶突然倒下，並沒有人去碰它。這種垃圾桶是圓形的，上方完全開口，直徑大概一米，底部直徑九十厘米，上大下小，高大概一米二，周圍是網格狀的鐵條，垃圾桶上還套着一個大塑膠袋，人們扔廢物就會扔到這個塑膠袋裏，也方便清潔人員清運。

「再放一遍。」南森看過一遍，接着説。

保羅又放了一遍，南森看完後，臉色開始略帶興奮，看得出來，他發現到了什麼。

「博士，有什麼發現？」保羅看出了南森的興奮，南森不是一個特別容易就表情外露的人，這和他的年齡、閱歷有關。

「擺在巷口的垃圾桶，是我們常見的那種街邊垃圾桶，鐵製的。」南森沒有直接回答保羅，「既然是鐵製的，就會很沉，不會輕易倒下，市政部門在設計的時候，

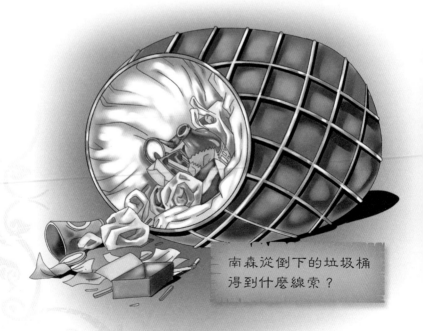

南森從倒下的垃圾桶
得到什麼線索？

就考慮好的，這點不用去多想。但是我們看到，八點的時候，垃圾桶突然倒下了，沒人去推它，即使是大風，也不會輕易吹倒這種垃圾桶，何況當晚倫敦沒颶風。

「請看垃圾桶倒下前的擺放位置，它在巷口旁的小路上，巷口目測不到三米寬，小路也就兩米寬，垃圾桶緊貼着巷口，有一小部分，大概十多厘米突出巷口，所以……垃圾桶當然不是自己倒下的，是從小巷子裏鑽出來的劍齒虎不小心碰倒的，而劍齒虎不能成像的！」

「這個……」道奇看着畫面，「這個……等一下……」

道奇連忙從背包裏翻出一本書，翻了幾頁，看了看內容。隨後，他興奮地站起來。看了看四周，發現本傑明辦公桌旁有個廢紙簍，他把廢紙簍拿過來，擺在客廳中央。

「廢紙簍就代表那個垃圾桶，我就是劍齒虎了，這裏是小巷……」道奇比劃着，隨後趴在地上，模仿着劍齒虎，「我走出小巷，注意我的走路動作，這可不是隨便走走的，這是劍齒虎的標準走路動作，我出了巷口要左轉，因為我要去那所公寓前，小巷很窄，我的身體將近兩米寬，所以我……」

「啪——」的一聲，廢紙簍被道奇的手臂碰倒了。

「沒錯，是劍齒虎碰倒的。」道奇站了起來，「垃圾桶是鐵的，很重，要是推動力氣小，它要晃兩下才倒下，一般成年劍齒虎體重能達到四、五百公斤，我們遇到的這隻應該有六百公斤，牠行走起來的衝擊力應該在兩百公斤以上，所以，垃圾桶被直接撞倒了。」

「非常感謝你的資料支援。」南森滿意地點着頭，「原來你也會還原現場。」

「還原現場，也是我們考古時經常要做的事，不過我們一般叫模擬現場。」道奇說着把廢紙簍放回原位，「不過博士，這有什麼用呢？劍齒虎從巷子裏走出來，牠不從那裏走出來，也要從別處走出來，否則到不了公寓大樓那裏呀！」

「是呀！」保羅跟着說。

「很有用。」南森說着把道奇和保羅叫到地圖前，指着案發地，「第一，現在可以確定，劍齒虎從小巷子裏走出來後，就蹲在案發地那裏，時間是在八點，當時牠一定是隱身的，否則來往行人會發現他，不過到了九點的時候，牠應該是沒有注意到自己顯身了，正好被路過的人發現，拍擊牠的人其實也沒有防備，以為是個雕塑。」

「對，我看也是這樣。」保羅仰着頭，看着南森。

「那麼為什麼劍齒虎蹲在這裏？一直蹲了一小時。」南森指着案發地的大樓，「這裏，名叫香檳公寓，牠在等誰嗎？牠和這個公寓有什麼聯繫嗎？或是公寓的哪個住戶和牠有關聯？或是和史前動物有關係……當然，劍齒虎也許只是在那裏隨便趴一會。」

「要調查公寓的住戶嗎？」保羅問。

「這要警方去調查了，一會我會通知警方，查一查大樓裏有誰曾接觸過魔怪，或是自身就是巫師，和猛獸有聯繫也要調查。」南森説，「還要在那裏放置一枚魔怪探測器，我會馬上給海倫和本傑明發個消息。」

説着，南森開始在手機上寫訊息，然後發送出去。完成這個動作很快，南森把手機放在一邊，又看着地圖。

「現在，我們要談談最重要的發現了。」南森的眼睛一直盯着倫敦地圖，語氣嚴肅，表情凝重。

保羅和道奇都察覺出來，也都有點緊張。

「垃圾桶倒下的方向，是向着南方的。」南森指着地圖上那條小巷，「也就是説，劍齒虎從北邊來，然後撞到了垃圾桶，垃圾桶向南邊倒下。這説明了什麼？」

　　保羅和道奇都沒說話，他們還是有點不清楚南森的意圖。

　　「我們昨晚在肯辛頓公園追劍齒虎，當時劍齒虎也是跳過公園南邊的圍欄，沿着肯辛頓路一直跑到公園街，隨後沿街向北逃跑的。」南森指着地圖上的肯辛頓路和公園街，隨後手指突然滑動，回到了小巷口那裏，「在香檳公寓出現的那晚，路過的司機親眼看到劍齒虎鑽進了這條小巷逃走，這條小巷其實就是牠來的時候走出來的小巷，也就是說，牠逃走的方向，還是北面。」

　　「你是說牠隱藏的地方在倫敦的北面？」道奇算是聽出了什麼。

　　「對！」南森點點頭，「小巷在尤斯頓路這裏，從這裏向北，距離很近，我發現了一個地點……」

　　說着，南森把手指向上略微移動，忽然停下，指着一個地方。

　　「倫敦動物園！」南森大聲地說。

　　「動物園？」道奇仰着脖子，看着倫敦北端的動物園。

　　「動物園裏有一個虎山，裏面有幾隻老虎。」南

86

森説，「道奇先生，劍齒虎和現代老虎的關係……很近吧。」

「很近，起碼可以算作堂兄弟吧，我這樣説更加通俗一些。」

「很好。」南森看看道奇，「我的推斷可能大膽了一些，我想作為魔怪的劍齒虎應該知道動物園裏有虎山，儘管變成魔怪，牠本屬還是虎，牠一定樂於和同類在一起，所以我推斷，動物園那裏可能是牠在倫敦的藏身點，起碼牠和那裏有相當的聯繫。」

「上次我們去過攝政公園，動物園就在攝政公園北面，我在攝政公園裏也向北發射了探測信號……」保羅在地圖下想着什麼，並隨即進行估算，「噢，我發射信號的地方距離虎山很遠，超過了探測範圍了，所以即使劍齒虎就是在虎山，我也探測不到。」

「劍齒虎藏在動物園裏？」道奇還是有些疑惑，「牠……隱身嗎？」

「可以隱身，但是耗費能量。」南森解釋説，「也可以藏進虎山的虎洞裏，虎洞很大，沒有哪個飼養員敢進去的，老虎可是大型猛獸……如果劍齒虎藏在動物園的虎洞

裏，不會有哪隻老虎去向飼養員舉報的。」

「那我們應該去動物園看看。」保羅頓時興奮起來。

「一定要去看一看。」南森非常堅決地說，「既然我們發現了這樣一個可能的藏身地點……」

「嗨——各位——」派恩說着推門走了進來，「我回來了——」

「嗨，派恩，我們要去倫敦動物園……」保羅連忙說。

第八章　馬戲團來的老虎

「去動物園？」派恩先是一愣，眨眨眼睛，看着南森，「你們真的好悠閒呀，我都看不下去了，辦案期間，你們居然要去逛動物園！現在就去嗎？帶上我……」

「不是去玩的，博士發現線索了。」保羅連忙把南森的發現簡單地講給了派恩。

派恩在一邊靜靜地聽着，還向保羅提了兩個問題後，基本明白了南森的意思。那邊，南森已經給倫敦警察廳打了電話，請警察調查大樓住戶。

「海倫和本傑明正在趕往香檳公寓，他們在那裏安裝魔怪探測器後就回來。」南森說着走了過來，他看看派恩，「派恩，你去了魔法師聯合會了？」

「去了。」派恩擺着手說，「我把你的意思告訴他們了，他們馬上就派人巡邏，然後我又在會長辦公室坐了一會，他們可真是好客……」

「可不要打擾人家工作。」南森突然看到派恩的手背

上有一道紅紅的小傷口，「派恩，你的手怎麼了？」

「噢，快到家的時候，鄰居種的灌木探到路面上，有一根斷枝劃了我一下。」派恩滿不在乎地說，「沒事啦，一點點小傷。」

「注意，注意，我的孩子。」南森無奈地搖搖頭，「上周玩滑板弄到腿上的傷還沒好吧？」

「注意，注意，小寶貝。」道奇跟着南森，笑着說。

「嗯？」派恩瞪着道奇，「還在這裏笑，都怪你，否則現在就真的去動物園玩了。」

「噢！」道奇擺擺手，「你還記着我的錯誤？早上起來本傑明也對我愛理不理的。」

「這次要是發現魔怪，你先後退一萬公里我們再動手！」派恩一字一句地說，樣子很是認真。

「噢，你們抓個魔怪，也不需要讓我先退到南極去吧？」道奇開始辯論。

南森走過來制止了他倆的爭執，保羅則笑了起來。又過了十多分鐘，海倫和本傑明回來了。他們一回來，派恩就跑上去告訴他們要去動物園了，但不是去遊玩，然後把南森的發現轉述了一遍，儘管他也是從保羅那裏聽來的。

海倫和本傑明非常高興，沒想到他們出去才這麼一會，南森這邊就有了這麼重大的發現。本傑明甚至說劍齒虎一定就藏在動物園裏，要是他自己，也會這樣做。

接下來，大家開始檢查設備，保羅站在地上，把後背裏的追妖導彈發射架連續打開兩次，眼睛還故意看着道奇，道奇連忙不去看他。

看到大家都準備完畢，南森打開門，第一個走了出去，大家跟着他上了車，都顯得挺興奮。

「如果真的在動物園發現了牠，千萬要沉住氣。」南森邊開車邊說，「大白天在動物園裏動手一定是不合適的，很有可能傷害到遊客，尤其是小朋友，遊客中小朋友可是佔很大比例的。」

「那怎麼辦？」保羅在後排的座椅上問。

「鎖定牠，等到閉園後動手。」南森說。

「沒問題。」保羅大聲地說，「只要這次沒人搗亂，就看我的吧。」

「噢，好像是在說我。」道奇不高興地擺擺手，「我會躲到南極去的，我這就去訂票……」

汽車開到動物園門口，南森把車停在動物園門口的停

91

車場，隨後他們向大門走去，這一天不是休息日，遊客不是很多，都是一些學齡前的兒童由家長帶同前來遊玩。

他們並沒有事先通知動物園方面，所以他們要購票入園。南森還不能確定劍齒虎一定在動物園裏，他們只是來勘察的。

在停車場的時候，保羅就打開了魔怪預警系統，海倫他們也打開了幽靈雷達進行探測。他們入園前在外面對着裏面掃描了一下，沒有發現什麼。裏面很大，更深處在門口是探測不到的。

「虎山。」海倫看着入場券的背面，那上面印有動物園的平面圖，海倫小時候來過這裏，長大了就不曾再來了，她剛才也問了大家，只有派恩幾年前來過一次。海倫把虎山的位置指給了南森，那是他們一會要去的地方，「進大門後一直走就是。」

「各區都要探測一下，劍齒虎能隱身。」南森說着走進了動物園大門。

「啊呀──」剛進大門的保羅忽然叫了一聲，這把大家嚇了一跳。由於寵物狗不能被帶進動物園，去解釋保羅其實是一隻機器狗又太麻煩，所以保羅是被當做玩具狗被

海倫抱着進園的。

「怎麼了？」南森他們都看着保羅。

「稍等——」保羅小聲地説，同時看着四周，四周還好沒有什麼人。

大家都很緊張，保羅一動不動的，看上去沒什麼，其實他的內部系統工作繁忙，海倫似乎聽到了機器工作的電流聲。

「剛進來的時候，我的預警系統跳了一下，就一下，大概只有一秒鐘，可能還不到一秒。」保羅開始解釋，「還以為發現了魔怪，但是信號一下就沒有了，我連忙調試有沒有出錯，並繼續發射探測信號，調試結果是系統沒問題，探測信號也沒有發現魔怪反應……這種情況倒是有過，尤其是在系統升級的時候。」

「電流過大也會這樣，但是很罕見。」南森當然熟知自己的設計，「老伙計，你確認不是真的魔怪反應？」

「不是吧……」保羅的語氣略帶猶豫，「最近系統很穩定的，是不是海倫抱着我，她手裏還有幽靈雷達，設備相互干擾造成的。」

「我抱着你反倒成了不是了。」海倫翻翻眼睛，一臉

無奈，她把保羅交給了道奇，「讓大博士抱着你，他手裏沒有雷達。」

「嗨，小寶貝。」道奇接過保羅，笑着説。

「誰是小寶貝？我是老先生。」保羅不滿地説，他想跳下來自己走，但是不行。

「總之大家要小心，調試好自己的設備，經常按檢測按鈕鍵，有問題及時發現。」南森叮囑道。

他們繼續搜索前進。動物園很大，進入後沒多久，他們就聽到了來自鳥類的「吱吱喳喳」聲，聲音很大，這種聲音在外面可是聽不到的。他們像走進了動物紀錄片的世界裏一樣。

「哦，那是大金剛鸚鵡的叫聲，這種鸚鵡來自於中、南美洲的熱帶雨林。」道奇説道，儘管他們都沒看到鸚鵡在哪裏，只是憑聲音感覺鳥類館在右側。

「我想起來了，你對現代生物也有研究的。」本傑明看着道奇説。

「不及對史前生物的研究深入，才出過十五本書，發表過兩百零三篇論文。」道奇很是謙遜地説，「就這點成績，也是我站在巨人的肩膀上才取得的。」

「這點成績？」本傑明吐了吐舌頭。

前方，他們看到了在圍欄裏的長頸鹿，要不是有任務，派恩真想過去看半天，不過虎山就要到了，那才是他們要去的地方。他們這樣一路走着，沒有發現什麼魔怪反應。

「那裏就是虎山了。」海倫忽然指着前方幾百米處，對大家説，「老虎都在那裏。」

一條長長的路直通虎山，虎山確實很是名副其實，遠遠看去，就能看到由巨石壘建起來的巨大山體，山上確實有個虎洞，遠遠就能看見虎洞寬大的出入口。虎山的周邊，是一個圓形的圍牆，大概半人多高，不少遊客就趴在圍牆邊，向裏面張望着。

保羅向虎山連射幾道探測信號，沒有任何魔怪反應。他們來到了虎山，靠近圍牆向裏面看去，動物園的老虎區一覽無餘。圍牆下面將近十米處，是虎池，三隻老虎趴在那裏，無所事事，一隻老虎站着，同樣無所事事，只是尾巴輕輕地搖晃着。

虎池中央，就是虎山了，虎山有二十多米高，算是整個動物園的制高點了，距離山頂五、六米，就是虎洞了，

裏面是老虎休息的地方，虎山下還有兩個小的虎洞，老虎也可以在裏面休息。

密集的探測信號對着虎池裏的老虎，還有虎山上的虎洞發射過去。無論是保羅的預警系統，還是海倫他們的幽靈雷達，大家都期盼着能從中探測出什麼，但是一番密集探測後，什麼都沒有發現。

「博士，什麼都沒發現。」本傑明走了過來，很是失望地對南森說，「可能是去別處了。」

「嗯。」南森輕輕地點點頭，他望着虎洞，像是在思考着什麼。

「都是從哪裏找來的老虎呀？」派恩趴在圍牆邊，看着虎池裏的老虎，「不會是野外抓來的吧？老虎可是受保護動物，和那些犀牛啦，大象啦一樣的，探索頻道是這樣說的。」

「也許是從小就在動物園長大的老虎。」本傑明說。

這時，有一隻老虎從虎山的另一邊走了過來，牠一副懶洋洋的樣子。一隻緊緊靠着圍牆趴着的老虎看了看走過來的老虎，走過來的老虎就趴在了牠的身邊。

靠着圍牆趴着的老虎此時動了動身子讓開位置，剛過

來的老虎連忙向牆邊挪了挪。剛才一直站着的老虎此時也趴了下來，五隻老虎就這樣趴着，不知道牠們是不是在想念那些高山密林。

老虎們都趴在這裏，是因為這裏背陰，夏天的太陽直射讓牠們受不了。虎山旁有一個大水池，但現在水池裏沒有老虎。

「請問，是南森博士嗎？」一個聲音突然傳來，説話的是一個穿着工作制服的男子，大概三十多歲，他的制服上有一個倫敦動物園的標記。

「我是。」南森連忙點點頭。

「真是您呀！」男子一臉的興奮，「我是虎區的飼養

員，正好從這裏路過，看到了您。您的紀綠片我基本上每期都看，你比電視上看起來高很多……」

「謝謝。」南森笑着説，他是經常被認出來的，「剛好，我也有些問題要問你，有關老虎的……」

「回答問題？我嗎？沒問題！」飼養員眨眨眼，「條件是給我簽個名。」

「沒問題。」南森説，他笑了笑，「其實，我們很想知道倫敦動物園的老虎來源，是動物園裏長大的？不會是野外抓來的吧？」

「噢，真是個好問題，這也是不少人關心的問題。」飼養員比劃着説，「現在在野外抓捕老虎的情況幾乎沒有了，不僅僅是老虎，所有動物都是。偶爾會有野外受傷的動物，被救治後不適合野外生活的，會送到動物園來。

目前我們的動物來源主要是靠動物們的自身繁衍，老虎也是。」

「看！我說對了。」本傑明很是得意地說。

「噢，你是本傑明，我知道你，你也上過電視，你果然是個聰明的孩子。」飼養員笑瞇瞇地看着本傑明，「不過要說得全面些呢，各地動物園之間，也會進行動物交換，就像是我這裏斑馬比較多，那就換你幾隻羚羊……此外，我們還接受一些從馬戲團退役的動物，比如……」

飼養員忽然看向圍牆下，並指着其中一隻趴着的老虎。

「這隻就是不久前從洛杉磯來的，在一個馬戲團演出時受了傷，不能繼續演出，便送到我們這裏來了，或者說是賣給我們動物園了。」

「噢，是這一隻嗎？」派恩指着下面緊靠着牆的那隻老虎，「噢，果然受傷了，牠的背上有個傷疤。」

「就是這隻老虎，但這個傷疤不是在馬戲團受的傷。牠不熟悉環境，前幾天從虎山半山腰那裏翻落下來，後背撞在石頭上劃傷了，我們已經把半山腰那裏容易讓老虎跌倒的地方封死了。」飼養員說。這隻老虎的後臀前邊半米

處的背部，的確有一道明顯的傷疤，「我們看到受傷的部位不重要，這種動物自癒力也強，就觀察處理了。前幾天傷口比較明顯，現在好多了。」

「噢，來自洛杉磯。洛杉磯有劍齒虎的化石遺跡博物館。」道奇隨口説。

「洛杉磯的劍齒虎化石很多嗎？」南森問道。

「很多，在洛杉磯一個叫拉布里亞農的地方發現得特別多，不過當年劍齒虎可是分布在全球各地的。」道奇説。

「噢。」南森點點頭，他看看飼養員，「請問給老虎餵食的都是活物嗎？活的雞鴨什麼的，我看電視上動物園經常給牠們扔活的雞鴨。」

「一半一半吧，另一半是新鮮生肉。」飼養員説，「只吃活的雞鴨可餵不飽他們，這些傢伙很能吃呢！最近特別能吃。哦，對了，不僅僅是生肉，我們還會給牠們準備水果，昨天就給牠們上百斤西瓜，這些傢伙連皮一起吃了。」

「有意思。」南森微微一笑。

又和飼養員説了一會話，南森最後給他簽了名，還一

起合影了。兩個遊客也認出了南森，湊上來一起合影。飼養員非常高興地回去工作了。

　　圍牆邊，南森的臉色平靜下來，他看着那幾隻老虎，又向虎山上的洞穴看去，虎洞裏似乎有一隻老虎在走動，看不太清，只能感覺虎洞很大很深。

　　並沒有發現劍齒虎，大家其實都有些沮喪，來的時候他們都信心十足。

　　「把沒有探測到的角落都去測一下，然後我們就回去吧！」南森對幾個小助手說。

　　「也許那隻劍齒虎就住在動物園，但是外出……購物了……啊，散步去了……」派恩走到南森身邊，說道。

　　「不用安慰我。」南森摸摸派恩的頭，笑了起來，「這是常有的事，搜索不會一帆風順的，我們回去還要多想想……」

　　南森他們把沒有探測到的地方探測了一下，依舊沒有發現劍齒虎的蹤影。最後，他們出了動物園，上車回偵探所去。

第九章　派恩的手背

大家回去後，都有些垂頭喪氣的，其實在路上，幾個平常話一個比一個多的小助手們就沉默不語，像是在絞盡腦汁地想着劍齒虎的去處，倒是道奇開了兩個玩笑，大家都沒怎麼理睬他，他也只好不出聲了。

夏日的下午，特別是這天陽光十足，天氣顯得特別熱。回來後的小助手們都攤在沙發上，就連保羅也趴在地上喊熱，還說要脫掉身上的毛，讓博士給牠換一身短毛。

「噢，老伙計，你也嫌熱？我給你的設置可是能耐高溫耐嚴寒呀！」南森聽到保羅的抱怨，苦笑起來。

「我就是感覺不舒服，要知道我的身體裏還運行着硬件和軟件呢！電腦都要良好地散熱的，何況是我呢！」保羅說，「再說和你們天天在一起，你們的感受就是我的感受。」

「噢，是這樣。」南森望着保羅，笑了，「那你去冷氣下吹一會吧！」

「我給大家切個西瓜吃。」海倫站了起來，向廚房走去，「吃完就不熱了。」

「噢，這個時候有個管家婆真好。」本傑明有氣無力地說，「多謝了，海倫。」

「多謝了，海倫。」派恩同樣有氣無力地靠在沙發上，擺了擺手，「噢，要是讓本傑明來管家，我們渴死也吃不上西瓜。」

「我……」本傑明這次一點都沒爭辯，他目光有些呆滯，語氣更加柔弱，「也是這麼認為的。」

海倫到廚房裏，很快就把一個西瓜切好，放進兩個盤子裏，隨後端出第一個盤子。南森和道奇此時在地圖前，不知道說着什麼。

「西瓜來了——」派恩看到海倫端出西瓜，立即興奮起來，他的口水都要流出來了，他跑過去，伸手就抓向一塊西瓜。

「啪——」海倫伸手就打在派恩的手背上，「說了多少次了，要洗手，要洗手，剛從外面回來，不洗手就抓東西吃——」

「啊——啊——」要是平時，派恩最多爭辯一句就去

104

洗手了，這次他卻捂着手叫了起來，「海倫，你打在我傷口上了，痛死我了——我痛不欲生呀——」

「噢，對不起。」海倫知道派恩的手背劃傷了，不過剛才忘了，她連忙道歉，「沒事吧？我忘了你手背有傷，誰叫你總是不洗手就拿東西吃的？」

「好兇悍的管家婆呀。」派恩捂着手走進廚房，「就為了一塊西瓜，還要被打，生活可真艱辛呀——」

「派恩——」這時，南森突然喊道，本來他聽到派恩喊叫，便停止了和道奇的説話，向這邊看，看到派恩進了廚房，他忽然走了過來，「你剛才説什麼——」

「我嗎？」派恩眨眨眼，一臉疑惑，「生活艱辛呀，噢，或許你覺得我生活得不錯，可是每天都要玩遊戲，還要抽出時間來工作，吃一塊西瓜還被打，你説艱辛不艱辛？」

「前面那句……海倫打到你傷口了……」南森想着什麼，聲音變得小了很多，像是自言自語，「你説痛不欲生……」

「博士，你認真了？」派恩很是驚訝，「我開玩笑的啦，痛是有點痛，但是馬上就好了。」

派恩手背被打痛一事，
給了南森什麼啟發？

「我明白了。」南森拍了拍派恩的肩膀，「我全明白了，派恩，謝謝你，這個案子你起了關鍵作用，非常感謝你。」

「我嗎？」派恩指着自己的鼻子，瞪大了眼睛，不敢相信南森的話，不過他隨即平穩下來，帶着明顯的得意，「那當然了，豈止這個案件，所有案件有我參與，都能起到關鍵作用，我是天下第一超級無敵魔幻小神探呀，只是不知道我到底起了什麼作用？」

南森擺了擺手，告訴大家他要去打一個電話，請大家先等待一下，隨後跑向辦公桌，拿起電話撥號，開始

106

了通話。大家聽出他打給的就是那個在香檳公寓遭遇劍齒虎的受傷者皮特。

　　沒一會，南森放下電話，再次走向大家，他的表情依舊平靜，但一點點的小興奮還是顯露了出來。

　　大家感覺到南森發現了什麼，只有洗手後的派恩在吃西瓜，剩下的人全都看着南森，派恩吃了幾口後感覺到了什麼，連忙把西瓜放下，也走了過來。

　　「剛才海倫為了阻止派恩不洗手就拿東西吃，拍了他一下，正好拍在他手背傷口上，派恩叫了起來，這一點提醒了我。」南森開始向大家解釋自己的發現，或者説，他的推理展開了，「我打電話給皮特，問他用手拍擊劍齒虎的部位，他仔細回憶了，説拍在後背上，大概就是劍齒虎後臀前一米的地方，和我推斷的沒錯。一般來説，人類這點力氣，就算是用力拍擊劍齒虎這樣大型的魔獸，也就像寵物貓狗用爪子輕輕碰了你一下一樣，劍齒虎最多就是轉頭看看皮特，但是我們知道，劍齒虎當時立即跳起轉身對着皮特大吼，似乎很憤怒，過了一會倒是自己跑掉了。先不討論牠是否溫馴，當時造成牠被拍擊後激烈反應的原因，應該是皮特拍在牠的傷口上，牠猛地轉身也是一種本

能反應，防止皮特再拍第二下。」

「噢，博士，你說劍齒虎身上有個傷疤？可是皮特在報告裏沒說拍在劍齒虎的傷疤上呀，他始終都沒提劍齒虎身上有傷疤。」派恩想了想，忽然緩緩地說，「也許是皮特自己沒注意到？」

「天色很暗，他應該沒注意到。可是……我注意到了，動物園裏有一隻老虎有傷疤。」海倫說，「我大概明白了……」

「沒錯，看來海倫明白了。」南森很高興地看看海倫，「我剛才說的是個引子，或者是整個證據鏈的一部分。」

「對，是證據鏈的一部分。」派恩看到海倫收到誇讚，連忙說，「是……哪一部分？」

「我們把視線轉到動物園。」南森繼續推理，「首先，保羅剛進園，預警系統就發出一個極短的信號，這不是系統問題，預警系統真的捕捉到了信號，虎山是最高點，劍齒虎從那裏能看到我們進園，牠魔力高超，立即遮罩了自己的魔怪反應，我們就再也搜不到信號了。」

「劍齒虎真在動物園裏？飼養員也能認出劍齒虎呀，

比一般老虎大多了。」本傑明將信將疑地問。

「聽我往下說。」南森擺擺手，「劍齒虎應該是變化成普通老虎來到動物園的，這樣正好有利牠遮罩魔怪反應，如果劍齒虎變成別的動物，甚至是人，那麼遮罩魔怪反應就要花費巨大魔力，搞不好還遮罩不掉。如果變成一般老虎，也只是身形變小，遮罩魔怪反應非常輕鬆。

「重要的是我判斷牠其實從來到倫敦動物園起就變身為一般老虎了，這樣能騙過飼養員，在晚上無人的時候，牠可能變回原身，平常牠不遮罩魔怪反應，這次可能碰巧發現我們，便立即遮罩魔怪反應。」

「嗯！劍齒虎就是那隻剛從洛杉磯來的老虎，牠後臀前半米有個傷疤，而皮特說他拍擊位置是劍齒虎的後臀前一米處，正好是劍齒虎變回原形後的位置。當時天色很暗，皮特一定沒留意那裏有一個傷疤，我們和劍齒虎打鬥過，也沒留意到。」海倫一邊點頭，一邊激動地說，「牠的傷就是因為剛來，不熟悉環境，從半山腰掉下來造成的，受傷時間剛好是不久前，現在傷口還沒好。」

「對！還有，飼養員說最近老虎們特別能吃，一般盛夏季節，無論是人還是老虎，活動少，進食也少，老虎們

特別能吃的原因就是來了一隻巨大的劍齒虎！」南森說。

「劍齒虎的食量很驚人的。」道奇在一邊說。

「另外，我還注意到一個小細節，劍齒虎趴在圍牆下，身體動一動，身邊已經趴好的老虎會立即給牠讓出地方，老虎們都知道牠是一隻巨大的傢伙，只是不能表達出來。」南森繼續說，「道奇博士在圍牆邊說洛杉磯的拉布里亞農發現過大量劍齒虎化石，而那隻有傷疤的老虎正好是從洛杉磯來的，當時我就有所懷疑了，但是推論上總是少了點什麼，剛才我正和道奇博士討論這件事。他說拉布里亞農有個大瀝青坑，僅從那瀝青坑裏，考古人員就先後撈出並復原了兩千具劍齒虎的骨架，全世界都有劍齒虎分布，但是那裏特別多。」

南森說完這話，不再推理了，他環視着大家，大家也都看着他。偵探所裏出現了片刻的寂靜。

「我來還原一下……」本傑明打斷了寂靜，他聲音不大，「就是說……一隻洛杉磯的劍齒虎，不知為什麼來到了倫敦動物園，牠是變成普通老虎來的，剛來不久就摔傷了。前幾天晚上，牠溜出動物園，到了香檳公寓，被皮特猛拍一下，正好拍到受傷部位，牠發怒了，不過沒有傷害

誰就跑了。過了一天，牠晚上又去了肯辛頓公園，被我們發現，結果牠跑了。今天我們去了動物園，被牠先發現，遮罩了魔怪反應想騙過我們，但是被博士……推理出來了……」

「我、我也是這樣想的。」派恩跟着就説。

「大概就是這樣，但是這裏有一些地方缺少證據支持，比如牠出現在香檳公寓和肯辛頓公園，是有原因的，還是隨意去的？但是我們能確定，牠就在倫敦動物園裏，牠就是我們剛才見過的那隻背部有傷的老虎。」

「那還等什麼呀？」保羅在一邊跳起來，「我們現在就去抓呀！」

「現在可以去，但絕對不能抓。」南森搖搖頭，「動物園裏都是人，五點半閉園後，還要等到工作人員走後才能動手。」

「一定在那裏，一定在那裏。」本傑明興奮地摩拳擦掌，「現在就去……」

「好，我們現在就再去一次，檢驗一下推理成果。」南森自信地説，「不過……剛才被牠發現了，所以這次我們要秘密進園，從動物園的側面隱身進去，先把牠探測出

來再說。」

　　「對，牠看到我們走了，一定已經不再遮罩魔怪反應了，那很耗費魔力的。」海倫說，「正門的路直通虎山，剛才牠一定居高臨下看到我們了，牠是魔怪，視力特別好。」

　　「這次進去可以不用買票了。」派恩一副開心的模樣。

第十章　再次來到動物園

十多分鐘後，下午三點半的時候，他們再次來到倫敦動物園，這次他們沒有從正門進入，而是進入到動物園緊鄰的攝政公園，從動物園的南側圍牆唸隱身口訣進入，這個方向側對着虎山。道奇被南森施了魔法隱身，跟着大家穿牆進了動物園。

他們沒有急着向前，而是躲在一個樹叢後，隱身的保羅向前走了幾十米，隨後跑了回來。

「有魔怪反應，越向前越強烈。」保羅激動地向南森匯報，「方向就在虎山那裏。」

「我們走。」南森揮揮手。

大家非常激動，一切都如同南森料想的那樣，他們走出樹叢後沒多久，海倫他們的幽靈雷達全部都有魔怪反應，方向也一同指向虎山。

他們繼續向前，距離虎山不到一百米了，他們在動物園的鱷魚池旁停下，此時，保羅完全確認，他鎖定的魔怪

就是那天在肯辛頓公園遇到的劍齒虎。這時的方位顯示，
劍齒虎在虎洞裏，牠一動不動的，估計是在睡覺。

　　此時的動物園裏，還是人來人往，也許是因為不像中午那麼熱了，人似乎多了起來。南森讓海倫、本傑明和保羅留在鱷魚池這邊繼續監視，他要去找園長了，五點半後，這裏就要再次開始魔怪抓捕戰了。

　　他們第一次到動物園裏探測劍齒虎的時候，就看到了動物園東南側的辦公區，園長一定在那裏。南森和道奇、派恩來到辦公區，這裏是一個封閉的區域，有圍牆，背對着虎山，看不到虎山，虎山上也看不到這裏。進了辦公區，南森他們全都恢復了真身。

　　園長辦公室就在辦公區的最裏面，門上有銘牌。南森上前敲門。裏面立即有人請他們進去，他們進去後，看到大辦公桌後坐着一個五十多歲的男子，相貌和藹，衣着筆挺。

　　「嗨，你是……」南森還沒説話，五十多歲的男子先開口了，他一臉興奮，「南森博士嗎？嗨！還有道奇博士！」

　　園長不但認出了南森，也認出了道奇，道奇敲門前就説過，他和園長認識，園長叫克利夫蘭，是個動物學家。

　　「你好，我是南森，你是克利夫蘭園長？」南森很有

禮貌地點點頭，「這位是道奇先生，你認識的，另一位是我的助手派恩。」

「真是幸會呀，你怎麼大駕光臨了？」園長走下座位，上前握手，「有什麼要幫忙嗎？這次看到真正的南森博士了，哈哈⋯⋯」

「你們這裏有一隻魔怪劍齒虎。」南森說。

「啊？」園長愣住了。

南森連忙將事件告訴了園長。園長都驚呆了，看得出來，他有些慌張，更有些不知所措，南森連忙安撫他的情緒。

「⋯⋯不用害怕，也不要着急。」南森說，「你要做的就是，讓全體員工下班後立即到辦公區召開緊急會議，讓大家不要出辦公區，剩下的就交給我們解決吧。」

「就這麼⋯⋯簡單？」園長誠惶誠恐地問。

「就這麼簡單⋯⋯五點四十五分，全體員工都能來到辦公區吧？」南森問。

「沒問題，這個絕對沒問題的。」

「我們六點動手。」南森滿意地點點頭，「您開始打電話吧，一定要通知到所有員工。」

園長連忙開始打電話，十多分鐘後，他就通知了所有部門的負責人，這些負責人會一一通知那些員工。

「很好，園長先生，放鬆，請放鬆。」南森發現園長還是很緊張，「現在請讓我用一下電話。」

南森拿起電話，打給了魔法師聯合會。半小時後，聯合會就會按照南森的吩咐，派出十名魔法師將動物園的外牆包圍，一旦抓捕時劍齒虎逃跑，他們將形成一道有力的防線。

「好了，四點多了。」南森放下電話，看了看手錶，喃喃地說，「現在就是要等待，等待。」

園長此時不那麼緊張了，道奇在旁邊和園長攀談着。南森看了看窗外，腦子裏想着行動計劃哪裏有漏洞。抓捕行動的具體步驟，來園長辦公室的路上他已經想好了。

等待期間，派恩不時和海倫他們用手機聯繫，一切都好，劍齒虎始終在虎洞裏。派恩的幽靈雷達在園長辦公室裏，也能探測到劍齒虎的信號反應，信號儘管不強，但絕對能看清楚。南森還特別向園長了解到，虎區那隻新來的老虎，來自洛杉磯的一個馬戲團，有全套的引進手續。

四點半多，南森的電話響了，在動物園周邊防守的魔

法師已經各就各位。五點剛到，南森站了起來，他要去海倫那邊了，園長也跟着站了起來。

「開會的內容。」南森看看園長，笑了笑，「等到六點的時候，估計你能聽到一些動靜，到時候就宣布虎山那邊正在抓捕魔怪。不要提前說，不要讓大家離開。行動成功我們會通知你的。」

園長連忙點頭，南森帶着道奇和派恩向外走去。忽然，南森的電話響了，他接通電話，電話是警方打來的。

「博士，香檳大廈的住戶我們大致調查了一下，和魔怪有關的人沒有，和劍齒虎這種史前巨獸有關的人也沒有。」電話那邊的警官說，「但是……有一個叫阿普頓的人，和老虎有關，表面上看他是一個動物買賣的交易商，實際上和盜獵集團有關聯，曾經因販賣、虐待動物被調查過，但證據不足被釋放了。」

「噢，很好，那麼，請盯住這個人，答案快要有了。」南森收起電話，看看園長，「洛杉磯來的那隻老虎，是一個叫阿普頓的人幫忙引進的吧？」

「對。」園長有些吃驚地看着南森，「兩隻黑熊也是他幫忙引進的。」

「好的。」南森點點頭，「這人有問題，答案就要有了。」

說完，南森他們走了出去，園長看着他們的背影，一臉茫然。

南森他們隱身來到鱷魚池邊，海倫他們一直守在那邊。五點十五分，園內開始用廣播提醒遊客動物園將在十五分鐘後關閉，隨後，他們就看到遊客們開始向外走，動物園慢慢地安靜下來，連動物們的叫聲都很少聽到了。

五點半到了，動物園按時關閉，幾分鐘後，他們就看到陸續有動物園工作人員從鱷魚池經過，前往辦公區。虎山的那個飼養員也從鱷魚池走了過去。當所有人員都遠離虎山，魔法偵探們就能安心地進行抓捕了。

一切都安靜了下來，員工們都去開會了，整個動物園靜悄悄的，由於是夏天，天還是很亮的。南森看看手錶，差一分鐘六點，他揮揮手，示意大家前進。

他們繞過鱷魚池，來到了虎山旁，南森讓道奇躲在一排座椅後。前面二十多米，就是虎池的圍牆了。劍齒虎還在洞裏，他們慢慢地來到圍牆邊，向下看了看，虎池裏趴着兩隻老虎，一隻老虎走動着。南森指了指圍牆。

　　大家各唸魔法口訣，一堵堵的無影鋼鐵牆出現了，他們將一堵堵的鋼鐵牆呈覆蓋狀態排在圍牆邊，就像給虎池加了一個蓋子。排列好鋼鐵牆，南森指了指鋼鐵牆的頂端，他們要從鋼鐵牆上翻下去，到虎洞裏擒拿劍齒虎。

　　忽然，由劍齒虎變化的那隻老虎從虎洞裏走了出來，這隻老虎外表看上去和其他老虎無異，但是幽靈雷達一直鎖定牠的。南森他們吃了一驚，同時做好了攻擊準備，不過劍齒虎並沒有發現南森他們，牠走到山下的水池邊，喝了幾口水，沒有再回虎洞，而是就地一趴。

　　情況有了點小變化，本來的抓捕方案是悄悄靠近虎洞後投擲震爆彈，強烈無比的閃光和巨大的爆炸震動會在瞬間震暈劍齒虎，然後再把牠抓出來，當然這也會震暈裏面的老虎，不過最多十五分鐘，牠們就會自己醒過來，身體幾乎不受任何傷害。如果在戶外使用震爆彈，效果比在虎洞中要差很多。

　　南森對小助手們點點頭，不用說話，他們自動轉入另一個抓捕方案，他們依舊隱身，呈現包圍狀態，爬上了鋼鐵牆，只有保羅站在圍牆的牆沿上，看着那隻劍齒虎。

　　南森又看看小助手，隨後高高躍起，從半空中一掌砍

下，就在猛砍下的手掌距離劍齒虎的頭不到兩米距離的時候，牠感覺到了風聲，眼睛裏突然露出驚恐的神色，隨即一閃身，南森的手掌砍空了。

第十一章　撞擊

「嗷──」劍齒虎大吼一聲，憑着感覺，雙爪猛地拍向南森，南森連忙一閃，躲過攻擊。劍齒虎魔力深厚，此時憑感覺就知道南森的方位，就和牠剛才感覺到南森的襲擊一樣。南森也就不想耗費魔力隱身了，他顯出了身形。劍齒虎也一樣，既然已經被發現，牠也顯出了原形。這時，海倫他們也跳進了虎池，紛紛顯出身來，圍住了劍齒虎。

「嗷──嗷──嗷──」的一陣叫聲，六、七隻老虎從各個角落衝了過來，保護劍齒虎，有三隻直接撲向海倫他們。

「倒──倒──倒──」海倫手指着那三隻老虎，口中唸魔法口訣。

三個白色光圈直撲老虎，套住老虎的頭後隨即消失，老虎再厲害也抵不住魔法，當即就倒在地上暈了過去，一小時後牠們才能醒來。劍齒虎的身材和這些普通老虎比起

122

來，幾乎大幾倍。

　　另外幾隻老虎不知道同伴被施了魔法，繼續向前撲咬博士他們，被博士他們輕鬆唸咒放倒。最後只有劍齒虎被團團圍住，牠背靠着虎山，俯着身，後背高過腦袋，怒視着對手，嘴裏還不時地噴出氣來。

　　「虎妖，你束手就擒吧，你跑不了。」南森並不急於動手，能勸服的，他還是要試一試。

　　「不──不──」劍齒虎突然開口，牠的聲音非常低沉，有些像惡劣天氣時呼呼颳過的風。

　　「什麼『不』？」派恩指着劍齒虎，「和你說話的是魔幻偵探所的南森博士，你不知道嗎？沒有哪個魔怪能逃過南森博士的抓捕的。」

　　「不──不知道──」劍齒虎大吼一聲，揮揮爪子，猛撲向南森。

　　南森看劍齒虎撲來，直接迎上，他揮動手臂。

　　「千噸鐵臂──」

　　南森唸了一句口訣，他的雙臂頓時伸長，帶着風聲猛地掄向劍齒虎。劍齒虎的雙爪也撲了上來，只聽「咔──」的一聲巨響，雙方的手臂撞在了一起，火花四

濺，劍齒虎隨即後退幾步，差點沒有站住，南森也不禁
倒退了一步。劍齒虎晃了晃，站穩之後，繼
續撲過來，不知道牠過來是想搏鬥
還是衝出包圍逃走。

「轟牠——轟
牠——」保羅站在圍牆上，走來
走去，並大聲地指揮着，「密集轟炸——把
牠炸飛——」

保羅的意思是使用凝固氣流彈攻擊，儘管劍齒虎能抵
抗氣流彈的轟擊，但是密集的爆炸會有很好的效果。海倫
他們聽從了保羅的建議，一起向劍齒虎射出凝固氣流彈。

「轟——轟——轟——」十幾枚凝固氣流彈在劍齒虎
身邊一起炸響，這下劍齒虎明顯抵抗不住了，他被炸得渾
身亂顫，用爪子撥打了幾下氣流彈，但是一枚在牠的左前
爪背部爆炸的氣流彈直接把牠的皮毛炸開，血流了出來。

劍齒虎倒退着，躲到虎山山路上的一塊巨石後，不敢出來了。大家也停止了轟擊。

「炸暈了吧，我把牠揪出來——」派恩看劍齒虎沒了動靜，石頭後只有牠那低沉的喘息聲，上前就要去抓劍齒虎。

「派恩，小心——」南森連忙上前，一把就拉住了派恩。

「呼——」的一聲，一道烈焰從石頭後噴射而出。原

來石頭後有個小水坑，虎山的老虎可以在這裏喝水。 劍齒虎吸了一口水，突然探出頭來，張開大嘴噴火。

「又是這招。」海倫説道。

南森拉着派恩連忙躲避，海倫和本傑明也向後退了幾步，一股烈焰直撲本傑明的腳底，本傑明奮力一躍，高高跳起，躲過了烈焰的攻擊。

看到攻擊見效，起碼南森他們沒有再衝上來，劍齒虎有些張狂了，牠從石頭後閃身出來，張着大嘴，對着南森他們猛烈噴射火焰，南森他們連忙後退躲避。劍齒虎更加得意了，牠向正面的海倫噴出一大團火焰，海倫翻身閃開，前方逃跑的道路通暢了。

劍齒虎可不會放過這個機會，牠向着虎池上的圍牆縱身一躍。

「啊——」圍牆上的保羅看到劍齒虎飛身上來，驚慌地叫了一聲，跳到地面上。

「啊——」劍齒虎吶喊着，想飛身上牆逃跑，「咔——」的一聲，牠沒想到圍牆上橫放着無影鋼鐵牆，重重地撞在牆上，發出巨大的響聲，隨即牠就翻身落在地上，又重重地摔了一下。

「喲——喲——」保羅聽到撞擊聲後，得意地又跳上圍牆，看着下面，他剛才的躲避當然是裝的。

劍齒虎痛得在地上翻滾着，南森他們圍了上來，劍齒虎慌忙張開嘴，嘴裏又吐出一絲絲的火焰。

「冰徹刺骨——」南森指着劍齒虎，唸了一句魔法口訣，同時對小助手們揮了揮手。

「冰徹刺骨——」小助手們指着劍齒虎一起唸道。

劍齒虎的身體被飛過來的一團水汽轉瞬間就包裹住了，那股火焰稍稍蒸發了一點水汽，但是火焰立即被撲滅，水汽很快就變成一個大冰塊，將劍齒虎緊緊包裹。劍齒虎掙扎了兩下，不過越來越多的水汽冰塊飛來，將劍齒虎緊緊裹住，劍齒虎終於不動了，牠瞪大眼睛，渾身僵硬，就像是琥珀裏的動物。

「喲——喲——」保羅

在圍牆上跳來跳去，「抓住啦——抓住啦——」

南森他們走到劍齒虎身邊，站在那裏看着被凍住的劍齒虎，劍齒虎的眼珠還在動，牠有明顯的窒息狀況，想掙扎但動彈不得。

「本傑明，準備綑牠。」南森看看本傑明。

「放心吧。」本傑明已經拿出了兩股並在一起的綑妖繩，海倫也拿出了綑妖繩。

「冰化凍散——」南森指着劍齒虎，唸了一句口訣。

「唰——」的一下，冰塊迅速融化成水汽，隨後散盡。劍齒虎一下就攤在地上，大口地呼吸着，失去了反抗能力。

本傑明和海倫上去就綑住了劍齒虎的前爪和後爪，劍齒虎的兩個前爪和後爪分別被綑在一起，扭了幾下身子，徹底放棄了抵抗。

「喂——保羅，抓住了嗎——我可以從南極來看看了吧——」道奇在地面上對着保羅高聲喊道。

「叫他來吧！」南森聽到了喊聲，對保羅説道，隨後看看小助手們，「就地審訊，警察還盯着香檳公寓那個販賣動物的阿普頓呢……」

「香檳公寓的阿普頓？」躺在地上的劍齒虎聽到了這句話，先是一愣，隨後扭了兩下，「他不是好人，我要殺了他——」

「你認識那個人？」南森走上前一步，他沒有蹲下，因為被放倒的劍齒虎還是很高，「你為什麼要殺他？」

劍齒虎看看南森，忽然不説話了。這時，道奇趴在圍牆上，本傑明收起了鋼鐵牆，道奇扒着圍牆邊，跳了下來，保羅也跳了下來。

「劍齒虎，真是劍齒虎。」道奇兩眼放光，用手摸着劍齒虎，「真是劍齒虎……真是……」

「沒有誰説牠是恐龍呀！」派恩也伸手摸摸劍齒虎。

劍齒虎不滿意地扭了扭身子。道奇連忙把手抬了起來。劍齒虎剛才掉下來的時候背部着地，那塊傷疤又被撞了一下，有血正在往下流。南森看到了流血的傷疤，看了看海倫。

海倫拿出急救水，倒在劍齒虎的傷疤上，劍齒虎頓時感到好多了。

「張嘴——」海倫走到劍齒虎的頭前，大聲説。

劍齒虎連忙張開了嘴，海倫把急救水倒進牠的嘴裏。

不到半分鐘，劍齒虎不再那樣痛得齜牙咧嘴了，神態緩和了很多。

「你叫什麼名字？」南森緩緩地問。

「塔特。」劍齒虎也緩緩地說，這次牠沒有顯出什麼抗拒。

「很好，聽我說，塔特。」南森看着劍齒虎的眼睛，「我能猜到你去香檳公寓的目的，那裏有個叫阿普頓的人，對吧？你和這個人一定有什麼事發生，而且我還知道，他應該有問題，很大的問題，你那天在香檳公寓沒有攻擊人類，就連碰到你傷口的人都沒有攻擊，我想你……不算壞……」

「你到底要知道什麼？」劍齒虎打斷了南森的話。

「冰河時代地球上有什麼動物？」道奇立即興奮地說。

大家一起看着道奇，道奇看到大家的眼神，知道自己說錯話了，連忙擺擺手，後退了一步，不說話了。

第十二章　一個叫阿普頓的人

「我們想知道這一切，我們是魔法偵探。」南森才是發問的主角，「你從洛杉磯來？你是洛杉磯的劍齒虎？你怎麼會是這樣的……我是説你怎麼成了魔怪？」

「我就是從洛杉磯來的。」劍齒虎塔特説，「我知道我的同類都死了，當年我們那裏全都是劍齒虎，後來我的伙伴全都死了，一個沒剩，我活到現在，是因為我變成了魔怪。我變成魔怪，是因為當時的一個人類，她是一個巫婆，我那時候還小，被人類抓住，送給了巫婆，她給我施了法術，慢慢地把我變成了一個魔怪。後來，她也死了，我就躲進了山裏，我從來不出山，也很少有人進山，我就這樣孤獨地活着，一萬多年了！」

「噢，一萬多年，和我的推斷一致。」道奇得意地説，不過大家又看看他，道奇連忙閉嘴。

「那麼，你怎麼會來到倫敦？還要去殺阿普頓？」南森繼續問。

「我一直住在山裏，很少出山。有一天，我在山裏聽到了虎叫，淒慘的虎叫。」塔特説，「我看到了一些巨大的帳篷，就在城市的旁邊，虎叫聲就是從那裏傳出來的，我非常好奇，晚上，我就去了那裏。帳篷是馬戲團的，馬戲團的名字叫飛箭。」

大家都一起認真地聽着塔特的講述，塔特的語氣從開始的局促，變得略平緩了。

「帳篷裏有一隻受了重傷的老虎，是被電擊棍擊傷的。牠叫『俠客』，這是馬戲團的人給他起的名字。」塔特繼續説道，「我有魔法，而且和老虎是同類，我們之間勉強能交流，沒人的時候，我顯身和俠客説話，牠説牠來自一個炎熱的地方，我想那是非洲，牠是被捕獸架夾住腿，被抓後賣給了飛箭馬戲團，牠

的腿當時幾乎斷了，馬戲團還有一隻黑熊也是掉進人類的陷阱後賣給馬戲團的。馬戲團老闆和一個叫阿普頓的人有勾結，就是住在香檳公寓的阿普頓，他的真實身分是一個盜獵集團的頭目，盜獵時經常親自上陣，幾乎一半被盜獵的動物都死了或殘了，剩下的被賣到一些馬戲團或者動物園，而那些馬戲團發現被送來的動物有傷患或不適合表演，就通過阿普頓把這些動物再賣給各國的動物園，阿普頓所有的動物來源資料，全是偽造的，足以亂真的偽造。」

「這些你是怎麼知道的？」南森不禁問道。

「我偷聽了馬戲團老闆和阿普頓的電話，他們之間倒是無話不說，當然，他們不知道我在他們身邊隱身偷聽。」塔特說，「阿普頓家的地址是他和那老闆確認郵寄假文件時聽來的，他住在倫敦的香檳公寓，我牢牢記着呢，不過具體單位號碼我沒聽清。」

「你記下這個位址的目的是……」

「我要殺了阿普頓。」塔特目露兇光，「俠客本來就腿部受傷，馬戲團老闆想訓練牠儘快表演，動用了卑鄙的手段，不給飯吃還算是小事，他們訓練時用電擊棍，稍微不按照要求做，就電擊，俠客深受內傷，馬戲團的其他動物也一樣，受訓動物死亡和重傷時有發生，反正那老闆不怕，少了動物就向阿普頓訂購，這一切的根源都來自於阿普頓……

「俠客的身體越來越不行了，老闆給阿普頓打電話，阿普頓說可以把俠客賣給倫敦動物園，手續他來辦，本來隔着大海，我沒法去殺阿普頓，我想如果我變化成俠客來到倫敦，就能辦這件事了。我把俠客救到山中，但是他傷得太重，當晚就死了，我更要殺了阿普頓！我要為死去的俠客報仇！於是我就變成了俠客，來到了倫敦……」

「那個老闆也不是好人，你有沒有殺了他……」本傑明看看塔特，小聲地問。

「老闆只能算幫凶，真凶是阿普頓，而且……」塔特也看看本傑明，「馬戲團的馴獸師大部分也是好人，他們看老闆的馴獸手段殘忍，紛紛離職，老闆只能自己上陣，有一次遭到了大象的反抗，把他踢成重傷了，根本不用我

動手。不過不除掉阿普頓，還會有動物被送來馬戲團，你明白嗎？」

「明白，我明白。」本傑明連連點頭。

「大概十天前，我來到了倫敦，第二天晚上我就從動物園出來了，我聽阿普頓電話裏說過，每晚九、十點後，他都會去酒吧，我不知道他的單位號碼，就在公寓外等他，但是連等了幾天都沒有等到，可能他不在倫敦，又外出抓動物去了，但他一定會回家。

「我不想大白天動手，所以日間我就回到動物園去當『俠客』，直到前幾天晚上，我守候的時候被人拍了一下傷口，痛死我了，接着我被發現了⋯⋯事後我回想，我一直都是用法術隱身的，但是當天日間我從虎山摔下，背部被劃傷，很痛，當晚掌控法術長時間隱身也受了影響，所以自己顯了身也不知道，還被猛拍了一下傷口，不但痛，我還以為被發現了呢，就對那人吼叫，發現他們只是普通人，我就跑回動物園了。」

「和我們掌握的完全一致。」南森微微點着頭，忽然，他想起了什麼「你見過阿普頓嗎？你怎麼去確定公寓裏走出來的人是阿普頓呢？」

　　「俠客見過，牠告訴了我，他這人很好認，個子特別高，左手前臂是斷的，鑲了個鉤子，臉上有一道長長的傷疤，我想這一定是哪隻動物給他留下的記號。」塔特說，「放心，我會魔法，我會先確定他的身分。」

　　「你好像很自信？」南森聳聳肩，「你說一直在阿普頓家門口蹲守，但是在香檳公寓遇上人類的第二天你就沒有再去？是因為害怕被發現？」

　　「當然了，我在門口被發現了，我知道我長什麼樣，那裏一定被警察封鎖了，怎麼也要過幾天再去。」

　　「那第二天晚上你沒有在虎洞裏休息？怎麼去了肯辛頓公園？」

　　「噢，你沒有去過虎洞，不能怪你，我告訴你，那個虎洞，住普通的老虎正合適，而我不可能總是變化成老虎的，晚上飼養員回家了，我便顯出原形。我這個體型在裏面幾乎碰到洞頂，很難受，天氣還很熱，虎山下的水池又小，我真受不了這裏的夏天，洛杉磯那邊的山上可涼爽呢！所以我就找那些有湖水，晚上又沒人的公園，可以洗澡，可以休息。事實上前幾個晚上我等到凌晨都沒等到阿斯頓，都是先去肯辛頓公園睡覺，早上六點多才回動物園

的。」

「明白了。」南森點點頭，「在公寓門口被人類發現，在肯辛頓公園遇到我們後你是直接跑回動物園的？」

「對，我一定要先回動物園假裝俠客，讓你們在全城搜捕吧！」塔特說。

「怪不得公寓門口你被發現後，警方打電話去動物園，以為是動物園的老虎跑出來了，結果動物園說老虎都在。」南森點着頭，「還有個問題，下午我們來的時候沒有探測到魔怪反應，你一定是遮罩了自身的魔怪反應，你是怎麼發現我們的？巧合嗎？」

「也不能說是巧合。」塔特說，「在肯辛頓公園遇到你們這些魔法師後，我知道你們在抓我，就很警惕了，我一直在虎山山頂上，看着四周，正好看到你們進來，就立即遮罩了魔怪反應。」

「你確定我們沒有探測到你嗎？事實上我們的系統還是反應了一下。你為什麼不先躲起來？」

「要是探測到我，你們就會飛奔過來，我看你們邊走邊探測，就知道你們沒有發現我。」劍齒虎略有點得意，「我確實可以隱身先躲到一邊，但是我實在想聽聽你們對

我有多少了解，就趴到圍牆下去了。」

「噢，你可真狡猾……」南森恍然大悟。

「不如你們狡猾。」塔特不軟不硬地說，「本以為你們都走了，我就解除遮罩了，這很耗費魔力的。結果你們又回來了，也不知道我哪裏出了紕漏。」

「好了，我沒有問題了。現在通知你，最終對你的處置，將由魔法師聯合會作出。」南森看了看身邊那些繼續躺着的老虎，隨後又看看塔特，「無論如何，自己跑到倫敦來蓄謀殺人，絕對是違反人類社會法則的。」

劍齒虎沒說話，只是閉上了眼睛。

「海倫，給魔法師聯合會打電話吧，讓他們來人。派恩，你去通知園長，警報解除了。」南森對海倫和派恩說，隨後拿出了手機，「我也要給倫敦警察廳打電話了，要他們跟上那個阿普頓，一定能抓到他的犯罪證據，還有洛杉磯的飛箭馬戲團，我看沒幾天也要被查封了。」

尾聲

一個多月後，魔幻偵探所裏，來了一個客人，正是道奇博士，他交給南森一個信封，南森很高興地接過。

「……周五下午，就在皇家學會的會議廳，我主講《劍齒虎身形特徵最新發現》，前來聽報告的都是學術界專家，我很想你們也來，信封裏是邀請函。」道奇畢恭畢敬地説。

「一定前往。」南森打開信封，看着邀請函，「塔特怎麼樣了？」

「很好，魔法師正在減除牠的魔性，再過半個月，牠就徹底失去魔性了，牠還算是配合。再往後，是留在皇家學會的動物養殖所，還是怎麼樣，魔法師聯合會説了算。」道奇説，「最近我對牠展開研究時，牠也比較配合，牠的兩顆獠牙確實比正常的劍齒虎短一點，是因為牠小時候不小心碰斷了一小截，兩顆都碰斷了……」

「噢，道奇先生，你的後背怎麼有些印子呀？一條一

條的？」海倫走過來，看着道奇的後背，「啊，是油漆吧？你在街口公園長椅上坐了一會嗎？那裏在刷油漆呢……」

「是呀，我是在那裏坐了半分鐘，來的時候我剛走到那裏，來了個電話，我就坐在那裏接電話了。」道奇叫了起來，「印子很深嗎？能洗掉嗎？」

「倒是不深。」本傑明走過來說。

「基本上是乾的，這種很容易洗掉的。」保羅抬着頭說。

「是呀，你們大家知道嗎？街口的長椅刷了油漆後，工人掛了牌子，在上面寫着『油漆未乾』。」派恩走過來，看着道奇的後背說，「還沒有完全乾透的時候，牌子上的字被改成了『油漆乾了』，哈，居然有人相信，就坐上去了，好幾個人呢！」

「對呀，我就是看到『油漆乾了』的牌子才坐上去的。」道奇又叫了起來。

「居然有人相信！」派恩看看大家，「我就隨便那麼一改，就有人相信了。」

「啊？派恩，是你幹的？」海倫瞪大眼睛看着派恩。

「是呀。」派恩很是無辜地點着頭，「小小的惡作劇

140

啦，居然有人相信。」

「派恩，你、你賠我一件衣服！」道奇對派恩叫起來，還要去抓他。

「居然你也相信，還是博士呢！」派恩邊笑邊跑。

海倫和本傑明看着愛搞惡作劇的派恩，很是無奈，他倆又看看追着派恩亂跑的道奇，都笑了起來。

麥克警長，蘇格蘭場（倫敦警察廳）高級督察，南森和警方的聯絡人，也是一名大偵探，屢破奇案。當然，他所偵辦的都是人類世界中的案件。一起來看看他偵辦過的案件，運用你的推理能力，想一想他是如何破案的呢？

不會英語

麥克警長接到線報，有個本地毒販準備乘火車逃往法國，麥克帶人來到車站大門，檢查進入車站的人。線報很模糊，只是稱毒販是金髮男子，個子不高，有一本登記名字為米肖的法國護照，可這個是法國男子的常見名字。

到達車站後，他們檢查了很多符合毒販體貌特徵的人，但是一無所獲。這時，一個黑髮男子走來，這人個子不高，手裏拿着一本護照。

「請出示護照。」麥克攔住了那人。

「法國人、法國人……」那人的手裏一直拿着護照，他遞給麥克，護照上的名字正是米肖。

「你要去哪裏？」麥克繼續問。

「法國人、法國人……」那人指着自己的耳朵，然後擺着手，意思是自己聽不懂英語。

「不懂英語？」麥克又問。

「法國人……」那人繼續指着自己的耳朵和擺手，表示聽不懂英語，他只能用英語說「法國人」這個詞。

「走吧。」麥克不耐煩地揮揮手。

那人接過護照就走。

「先生，你回來一下，你的錢包掉了。」麥克忽然說。

那人連忙轉回身，看着地上。

「在那邊，掉到柱子後面了。」麥克又說。

那人連忙走到柱子後面，但是沒找到錢包。

「行了，不要演戲了。」麥克冷笑着說，「你就是毒販，頭髮染得不錯噢！」

請問，麥克警長憑什麼判斷那人就是毒販？

答案：麥克警長在開始和那人說了幾句英語，但那人都表示自己聽不懂英語，接着麥克說了一句簡短的英語句子，那人卻完全聽懂了。

魔幻偵探所 32

史前巨獸出沒

作　　者：關景峰
繪　　圖：陳焯嘉
策　　劃：甄艷慈
責任編輯：周詩韵
美術設計：李成宇
出　　版：新雅文化事業有限公司
　　　　　香港英皇道499號北角工業大廈18樓
　　　　　電話：（852）2138 7998
　　　　　傳真：（852）2597 4003
　　　　　網址：http://www.sunya.com.hk
　　　　　電郵：marketing@sunya.com.hk
發　　行：香港聯合書刊物流有限公司
　　　　　香港新界大埔汀麗路36號中華商務印刷大廈3字樓
　　　　　電話：（852）2150 2100　傳真：（852）2407 3062
　　　　　電郵：info@suplogistics.com.hk
印　　刷：中華商務彩色印刷有限公司
　　　　　香港新界大埔汀麗路36號
版　　次：二〇一七年七月初版
　　　　　二〇一八年九月第二次印刷

ISBN: 978-962-08-6849-8
© 2017 Sun Ya Publications（HK）Ltd.
18/F, North Point Industrial Building, 499 King's Road, Hong Kong
Published and printed in Hong Kong